O UNIVERSO COMEÇA NO QUINTAL DA NOSSA CASA

Contos de

Cesar Levorse

O UNIVERSO COMEÇA NO QUINTAL DA NOSSA CASA

EDIÇÕES BesouroBox

1ª edição / Porto Alegre-RS / 2023

Capa: Marco Cena
Produção editorial: Maitê Cena e Bruna Dali
Revisão: Simone Borges
Produção gráfica: André Luis Alt

Dados Internacionais de Catalogação na Publicação (CIP)

L666u Levorse, Cesar
O universo começa no quintal da nossa casa. / Cesar Levorse.
– Porto Alegre: BesouroBox, 2023.
128 p. ; 14 x 21 cm

ISBN: 978-85-5527-131-1

1. Literatura brasileira. 2. Contos. I. Título.

CDU 821.134.3(81)-34

Bibliotecária responsável Kátia Rosi Possobon CRB10/1782

Edições BesouroBox Ltda.
Rua Brito Peixoto, 224 - CEP: 91030-400
Passo D'Areia - Porto Alegre - RS
Fone: (51) 3337.5620
www.besourobox.com.br

Impresso no Brasil
Setembro de 2023.

Agradeço a Deus, esse princípio inteligente
que está em todos os cantos onde há vida,
e à minha família, berço e esteio de tudo.
Porque a fé nos leva aonde queremos,
e o amor nos mostra o caminho a ser escolhido.

Sumário

Em direção à vida...

– *Tu te tornas responsável para sempre por aquilo que cativaste!*

Alberto traga o cigarro, recostado em travesseiros de penas de ganso, jogados sobre a cama de lençóis brancos, retorcidos pela luxúria da noite anterior. Com as pernas estendidas e cruzadas no alinhamento do leito, sopra a fumaça na direção do alto e a contempla, enquanto a frase de Exupéry toma conta de seus pensamentos.

Ao seu lado jaz um lindo corpo feminino em decúbito ventral. O rosto alvo como os lençóis, de lado no travesseiro, repousa sobre os braços, enquanto ressona levemente um resto de prazer. A nudez da cena é o que de mais puro há na alma humana.

Vez por outra, Alberto contempla a mulher, dá outra tragada e volta-se para o movimento da fumaça que toma conta do teto, e de sua mente.

Nem sempre fora assim. Aos cinco anos de idade sua mãe o abandonou no portão de um seminário, para viver um amor que não aceitava dividir com uma criança. A infância vitimada pelo egoísmo acompanhou o crescimento do menino, sob o cuidado dos padres. Foi tratado com amor e desvelo. Teve estudo, encontrou-se com Deus e ordenou-se sacerdote. Recebeu uma paróquia para cuidar e foi pregar o amor e a caridade entre os seres humanos.

A frase que retumba na sua mente é resquício das lembranças do tempo em que conheceu o amor de verdade, quando vivia no seminário. A leitura ocupava o tempo e a mente do menino. Na vida monástica, conheceu as obras filosóficas julgadas importantes pelos seus tutores e tomou gosto pelos livros.

Só que nem mesmo aqueles que estão mais próximos de Deus são imunes às tentações terrenas. E *o demônio em forma de mulher* passou a dominar os pensamentos do padre. Alberto se afeiçoou por uma ovelha de seu rebanho. Não resistiu e seguiu o caminho de Adão.

Formou lar conjugal, dedicou-se ao trabalho e venceu nos negócios. Até que experimentou as consequências de sua escolha. Como um castigo divino, encontrou sua amada com outro. Experimentou uma sensação já conhecida, mas que se encontrava amontoada num canto escuro da região basal de seu cérebro.

Amargurado, Alberto se desinteressou pelos sentimentos femininos. Contrariando toda a sua formação, dedicou-se à arte da conquista com o único objetivo de saciar os desejos terrenos. Fez de suas palavras a arma para chegar ao coração das mulheres. Vencida a batalha sentimental, deixava-se dominar pela maldade existente no coração do vencedor, que tritura os adversários sem piedade.

– Eu deixo uma cadeira posicionada junto da porta. Quando ela tira a roupa, eu digo para pôr ali. Que é para pegar rápido na hora de ir embora – dizia Alberto aos amigos com sarcasmo, comentando suas conquistas.

No seu inconsciente, Alberto busca vingança. Não das pessoas, mas da vida. Onde as mulheres são apenas instrumento de ação.

– Aaaaiiiiii... – espreguiça-se a bela ao lado, ao acordar e se virar, esticando os braços para cima, como uma gatinha.

– ...

– Booom diaaa... – ronrona, já se levantando e sentando-se à borda da cama, buscando suas roupas pelo quarto com o olhar.

– Bom dia – responde curto Alberto.

Sem falar nada, a moça vai se vestir. Ajeita o corpo na roupa e arruma o cabelo com a técnica que parece ser nata nas mulheres.

Alberto estranha a cena, acompanhando a nudez que desaparece a cada peça vestida pela beldade. Em geral tem que insistir para que a conquista vá embora. Com certa rudeza, às vezes.

– Já vais? – testa o conquistador, sentindo a derrota iminente.

– Sim, tenho pressa.

– Pressa de quê? Hoje é sábado! – avança Alberto na investigação.

– Pressa de viver, meu bem! – responde ela, com a suavidade que acompanha seus movimentos pelo quarto.

– Mas estamos vivendo este momento.

– Nosso momento, querido, é como uma árvore oca: bonita e frondosa por fora, mas podre por dentro. Um perigo! Pode cair a qualquer momento – diz a bela de pé, já vestida e ao lado de Alberto, que seguia recostado.

Apoia o joelho esquerdo flexionado na cama, beija-lhe o rosto e sai em direção à vida.

Alberto dá mais uma tragada no cigarro, olha a cadeira vazia e lembra-se do segredo revelado pela raposa, na hora de ir-se embora:

– *Nós só podemos ver bem com o coração; o essencial é invisível aos olhos.*

Uma feijoada em Paris

Heitor nasceu, cresceu e viveu a música. Desde pequeno foi incentivado pela família. O pai lhe ensinou os primeiros compassos musicais. Pelos ouvidos da tia foi apresentado aos compositores clássicos, logo aos seis anos. Johann Sebastian Bach foi seu companheiro ao longo da vida.

Não demorou para o talento aparecer. Aos quatorze anos, a música popular chamou-lhe a atenção. Residindo no Rio de Janeiro, Heitor sucumbiu às rodas de choro, gênero surgido a partir da mistura de elementos das danças de salão europeias, música popular portuguesa e influências africanas. Na época, o estilo dominava nos salões do subúrbio carioca.

O desejo dos pais era que o menino estudasse música clássica. Não aprovavam a tendência popular. Heitor não os desapontou, mas às escondidas estudava violão. A influência de elementos da cultura popular marcará a sua obra e dará identidade à música clássica brasileira.

O jovem cresceu, casou-se, tornou-se compositor famoso e maestro. Passou a mesclar todos os estilos e gêneros. Introduzia sem medo informações musicais tipicamente brasileiras nas partituras clássicas. Por suas mãos e mente, Johann Sebastian Bach passou a conviver com os instrumentos mais exóticos. A erudição artística de Heitor garantiu lugar para a música na Semana de Arte Moderna de 1922.

O talento inovador do jovem maestro sensibilizou alguns mecenas, e Heitor foi para a Europa mostrar sua música. Desejava viver a vanguarda do momento. Escolheu Paris como residência. Na década de 20 do século passado, a cidade vivia uma avalanche de novos significados para a Arte. Era para onde iam os artistas da primeira linha difundir sua ousadia. Pessoas comuns, aristocratas, pobres e ricos, pintores, escritores, poetas, jazzistas... Todos estavam lá interessados em novidades. Heitor trazia uma novidade.

O músico brasileiro foi viver perto do Boulevard Saint-Michel, entre *bistrots* frequentados pela efervescência do momento. Ansiava por apresentar suas composições nas grandes salas de concertos de Paris. Mas, naquele momento, a cidade não se interessou pela arte do maestro. Os ortodoxos fecharam os ouvidos e torceram o nariz para a nova identidade da música clássica em estilo brasileiro. Diziam que música clássica é música clássica. E ponto! Não havia espaço para identidade regional.

Mas, ali atrás da Fontaine de Saint-Michel, no prédio de número 11, num apartamento do terceiro andar, Heitor apresentava ao mundo sua fonte de inspirações. Recebia amigos brasileiros e estrangeiros para a feijoada de domingo.

Sob uma bruma de odores de pés, orelhas, costelinhas de porco, toucinho, rabo... tudo bem tostado e envolto em caldo denso de feijão-preto, mais couve e farofa, temperados pela acidez da cachaça, Arthur Rubinstein, Magdalena Tagliaferro, Vera Janacópulos, Matisse, Hemingway, Cole Porter, Josephine Baker, músicos, pintores, escritores, esqueciam-se do Le Procope lambendo ossos e dedos numa farfalhada saborosa. De fundo ouviam-se as criações musicais do maestro.

Sentado à mesa, passando a língua na ossada suína suspensa por ambas as mãos à altura da boca, debruçado sobre o prato fundo coberto de feijoada, quase se babando e ouvindo o talento de Heitor, Alejo Carpentier sentenciou:

– Diante do discurso da palmeira que pensa como palmeira, cala-se por um momento, como que envergonhada, a Fonte de Saint-Michel.

Dizem que Hemingway se inspirou nas tardes de domingo regadas a cachaça no apartamento do prédio 11 da Place Saint-Michel para escrever alguns contos de *As Torrentes da Primavera*.

O aroma e sonoridade dominicais chegavam até os *bouquinistes* da margem do Sena, indicando que era hora de abrir uma garrafa de vinho sobre a mesa improvisada entre as grandes caixas verdes de metal. No meio de livros, selos, gravuras e história, degustavam a primeira garrafa do dia, entorpecidos pelo aroma quase torturante e aplacados pelas notas da música clássica brasileira.

O talento e genialidade de Heitor não foram reconhecidos pela ortodoxia rabugenta do momento. O maestro teve que retornar uma vez mais a Paris para ver seu talento reconhecido e poder executar sua música nas tradicionais salas Gaveau e Pleyel, verdadeiros templos da música erudita francesa.

Conta-se que os domingos de feijoada tiveram profunda influência para a compreensão da obra de Heitor entre os eruditos. Certo é que o Boulevard Saint-Michel e os *bouquinistes* ficaram mais alegres com o retorno do maestro à Cidade Luz.

À luz da arte

Tão certo como o inverno eram as férias de julho. Desde os primeiros passos da infância, Cícero, seu irmão e sua irmã eram levados pela mãe para a Vila Barão do Triunfo, de onde ela veio. Na época nem cidade era.

– Distrito de São Jerônimo – explicava a mãe quando perguntada onde ficava o Barão.

A rua principal era de terra. Parecia filme de faroeste, daqueles embalados por Ennio Morricone. Um misto de venda e rodoviária no térreo de um casarão de dois pisos, cravado numa esquina do nada, recebia o ônibus que vinha duas vezes por semana da capital. Isso depois de enfrentar sessenta quilômetros de estrada de chão que davam náusea nos pequenos.

De lá tomavam uma Kombi que seguia por estradas menores e sinuosas no meio do mato, onde só carroça de boi passava. Algumas lavouras de fumo, parreirais e milharais completavam a cena. O destino era a casa da tia Celícia. Em dias de chuva, a Kombi não subia.

A casa era de pedra. Portas e janelas de madeira rústica com tramelas para fechar. Um corredor dividia a residência e levava à cozinha nos fundos. De um lado, dois quartos. Do outro, um quarto e banheiro. A cozinha acompanhava toda a largura da casa. Era o maior cômodo. Nela havia fogão a lenha, mesa de madeira, utensílios à vista. Um recanto servia de dispensa. A pipa acomodava o vinho feito pelo tio. A carne era conservada na banha.

Não havia energia elétrica. O progresso não subia de Kombi ou carroça naquelas plagas.

Os seis primos, que ainda viviam na casa, todos mais velhos que Cícero e seus irmãos, eram trabalhadores da terra. Conversar com eles e com o tio só nas refeições e aos domingos. Acordavam com o galo e dormiam depois do jantar. Relógio era o sol. Quando se avizinhava a hora do meio-dia ou final da tarde, os primos iam se chegando um a um de lugares diferentes do mato. Devagarinho e silenciosos, como duendes. O uniforme de trabalho era calça de tecido rústico e camisa arremangada. Nos pés, chinelos. Na cabeça, chapéu de palha de aba larga.

Dirigiam-se ao tanque no pátio de trás da casa, de onde vinha água encanada por mangueira preta de matéria, da fonte lá de cima no mato. Lavavam o rosto, as mãos e os pés. Molhavam o cabelo e o ajeitavam de lado como um penteado. Estavam prontos para a refeição e o sono reparador. O repouso só chegava com o cansaço.

Na mesa, feijão, arroz, carne, pão, linguiça, salame. Verduras e legumes da horta ao lado da casa cuidada pela tia, verdadeira maestrina da orquestra de fogão e panelas. A ela, auxiliada pela única filha que ainda vivia na casa, cabia assegurar a substância que mantinha os homens fortes para o duro trabalho braçal. A tia iniciava sua lida antes do raiar do sol, parando só depois que todos já estavam no justo descanso. Reavivar o fogo do fogão. Ir ao potreiro:

– Tô, tô, tô, tô, vaca! – chamava o gado para perto da cerca.

Tirar leite. Preparar a mesa do café. Iniciar os trabalhos da boia. Buscar uma espiga no galpão. Debulhar milho no chão do pátio empoleirada num pé de butiá arqueado.

– Currupipipipi, currupipipipi! – chamava as galinhas soltas pelo terreiro.

O bando vinha em disparada. De todos os cantos. Ávidas pelos grãos. Escolhia a mais gorda para o necessário sacrifício da panela. Tirar as penas com água quente. Limpar os penotes... De tarde, sovar a massa do pão e escolher o feijão. À noitinha, separar o terneiro da vaca para garantir o leite e a nata na manhã seguinte. Tratar os porcos. Tratar as galinhas...

Cícero e seus irmãos assistiam a tudo participando quando dava. Para eles era festa. Brincadeira era ir à roça levar o café da manhã e da tarde para os primos. Carinhosamente preparado pela tia: pão com banha, *chimia* de uva, café preto e com leite, salame e queijo. Tudo da terra feito na propriedade. Ajudar os primos na roça e a tia no trato dos bichos também era divertimento.

Ao cair da tarde, o ritual se repetia. Os primos se chegando de mansinho do nada. Cada um de seu canto do mato onde ficava a lavoura em que estavam trabalhando.

Hora do mate, quando a reunião em volta da mesa e à luz do lampião de querosene mostrava pessoas mansas, contrastando com mãos grossas calejadas e rostos sulcados pelo vento do inverno. As faces da reunião familiar moldavam-se na penumbra torneadas pelo tom da voz. O rosto mais afastado da luz era quase invisível. O reconhecimento era pela fala.

Não se via acidez naquelas pessoas. Não se ouviam gritos na casa. A conversa era vagarosa e divertida. Mesmo quando chamados à atenção pela tia ou pelo tio era em tom manso e firme.

O guri da capital (como Cícero era chamado pelos primos) cresceu. Ficou letrado e ganhou o mundo. Conheceu as artes. Andou por museus. Em suas viagens conheceu quadros de artistas famosos. Um lhe chamou muita atenção: Os Comedores de Batata, de Van Gogh.

Ficou contemplando a obra que o mirava como querendo dizer algo. No outro lado do mundo. Dentro de uma sala rodeada pelos confortos da arte. Mesmo sem entender nada de pintura, vendo aquele quadro Cícero se lembrou dos parentes. Do trabalho duro que enfrentavam diariamente sem perder o gosto pela vida. Trabalho que está no pão que comemos. Na carne que assamos. Sem ser lembrado.

Ali Cícero aprendeu um pouco de arte e entendeu que a felicidade não é sofisticada e se alimenta da boia servida na mesa de madeira à luz do lampião de querosene.

Apenas a amizade

Eduardo aguardava na fila. Era assim todas as quartas-feiras de madrugada, e mais dois domingos por mês. O tempo de espera na entrada daquele complexo de prédios, envolto em densa atmosfera, sempre o induzia à lembrança dos acontecimentos passados.

Hilário e Eduardo mantinham uma amizade construída na necessidade de sobrevivência. A relação fraternal brotara da vida na periferia da cidade, lugar onde a figura do vizinho significa muito mais do que mero confinante. Na vila, a vizinhança é o palco onde os atores representam muitos papéis ao mesmo tempo: pedreiro, médico, psicólogo... Tudo se funde na figura daquele que mora ao lado. A necessidade é quem escreve a peça e define os personagens.

Suas casas ficavam lado a lado. No dia a dia da cerca, a relação foi se fortalecendo.

– Bom dia, vizinho. Tem um pouco de sal aí? Faltou na hora do tempero...

– *Quer uma mão pra botá os tijolo pra dentro?*

– *Ô vizinho, o guri tá com febre. Pode me levá lá no Postão? O carro véio não quer funcionar...*

O auxílio mútuo na dificuldade e a reciprocidade verdadeira eram a amálgama da relação de amizade que se estabeleceu entre os vizinhos.

Hilário tinha mais idade que Eduardo. Sem família, vivia sozinho. Ao amigo contou que era opção de vida. Tinha um problema nos rins e mancava de uma perna. Sequelas dos excessos do álcool no passado. Às vezes, Eduardo corria com o amigo para atendimento médico. Os mesmos excessos forçaram Hilário ao abandono da bebida. Mas nem por isso deixava de se divertir. Era amante da alegria que recheia a conversa nas mesas de boteco.

Os dois, ainda em idade produtiva, mantinham o hábito de frequentar o bar do bairro aos sábados, após deixarem a lida do trabalho, por volta do meio-dia. Um daqueles lugares cuja clientela é formada quase cem por cento de homens. O mobiliário se resumia a um balcão no fundo do estabelecimento mais a mesinha de sinuca, disputando espaço com mesas e cadeiras de plástico vermelhas, distribuídas pela parte interna e no avarandado que cobria toda a extensão da fachada. Este, o lugar mais disputado pela clientela, por garantir a visão do *trottoir* do bairro. Uma espécie de tribuna da ebriedade. O cardápio se resumia a *martelinho*, cerveja e conserva de ovo cozido.

Naquela tarde, estavam os amigos entre ovos cozidos, tragos e bate-papo descomplicado, desfrutando o justo ócio depois de uma semana de trabalho. Conversas diretas, paralelas e perpendiculares entre as mesas. O volume da alegria se elevava ao se aproximar o fim da tarde.

– Oh, Negão. Tu tá bem exaltado hoje, né? Tô ouvindo só a tua voz! – gritava um frequentador num dos cantos da varanda.

– Acho que hoje ele não entra em casa de novo! – arrematava outro, sentado a distância.

– *QUA, QUA, QUA, QUA...*

Assim a felicidade se espraiava em goles de risada. E a tarde passava pachorrenta naquele reduto que certamente era uma das poucas possibilidades de lazer de quem vive na periferia.

Ao descer do sol, Eduardo e Hilário deixavam o bar rumo a casa, quando, entre os becos, foram abordados. Um dos frequentadores os seguira. Disse que Hilário havia se insinuado para a sua *morena* quando ela passara na frente do estabelecimento. Queria confusão...

Empurrado pelo álcool e cego pelo ciúme, puxou uma faca e foi direito a Hilário. Sabedor das limitações físicas do amigo, Eduardo se atirou sobre o homem, e ambos rolaram barranco abaixo. Por sorte de um e azar do outro, a faca abriu o bucho do agressor, cravada pela força gravidade. Ao final da queda, o corpo se amontoou no pé da ribanceira. Os amigos fugiram apavorados.

No canto mais escuro do pátio, debatendo sobre o acontecido, Hilário disse a Eduardo que iria na delegacia assumir a autoria do fato. Afinal, ele somente se envolvera no ocorrido para defender a vida do amigo. Ademais, Eduardo tinha família e filhos para criar, e Hilário era sozinho no mundo. A Justiça haveria de reconhecer a legítima defesa.

E assim foi, sob protesto de Eduardo. Só que a Justiça não viu a legítima defesa enxergada pelos amigos. E Hilário foi condenado a seis anos de prisão. Desde então, Eduardo o visitava religiosamente. Só que, naquele dia, ao conseguir ingressar no presídio, após enfrentar a via-crúcis, Eduardo soube que a saúde de Hilário piorara, a ponto de exigir internação hospitalar. E ele foi-se embora sem ver o amigo.

Depois daquele dia não viu mais Hilário de pé. O último encontro se deu à beira da tumba, no interior de uma capela de cemitério, branca, sem flores ou outros ornamentos. Apenas um caixão, vigiado por um crucifixo à cabeceira, uma cadeira ao lado para o amigo, e o vento soprando a cortina, também branca, que teimava em não deixar o sol entrar.

Eduardo seguiu vivendo com a lembrança saudosa do amigo. Na memória, guardava os momentos felizes vividos em parceria, na cerca, no bar, nos becos da vila...

Um belo dia, uma moça beirando trinta anos bateu na casa de Eduardo. Queria saber se Hilário morava ali. Ele relatou-lhe os acontecimentos, e ela, sem esboçar sentimentos, agradeceu. Quando estava se dirigindo ao portão, Eduardo lembrou-se de perguntar de onde conhecia Hilário.

– Era meu pai. A bebida nos afastou – disse a moça, fechando o pequeno portão e dando as costas àquela história.

Eduardo ficou onde estava. Parado na porta de sua casinha, escorado no marco, olhando a filha de Hilário se afastar e sentindo no rosto o vento saudoso da amizade verdadeira.

O bom dos oitenta

Aniversário do tio Adão não era coisa simples. Beirando os oitenta, viúvo e com os filhos morando na cidade, ainda tocava quase *solito* a lida campeira. Por certo que às vezes precisava de um peão. Mas não abria mão do comando. Boina, bombacha e chinelo de couro eram o uniforme. Se ia para o campo, calçava as botas. Palheiro no canto da boca, de vez em quando, completava o figurino.

A data era em dezembro. O clima de verão colaborava incentivando a alegria. A função começava de véspera com irmãos e sobrinhos chegando para ajudar nos preparativos e se estendia até a hora da festa. Entre carteado e jogo do osso, se carneava uma ovelha, um boizinho (como dizia o aniversariante) e alguma galinha. Fazia-se *chimia* para o pão da tarde. De figo e de uva.

– *Suerte*, ganha! *Culo*, perde!

– Truco! Quero e retruco!

Ouvia-se do pátio e da cozinha.

A lida continuava cedo no dia do evento. Fogão a lenha trabalhando sem folga. Descascar mandioca e batata. As gurias sentadas com bacia no colo para as cascas. As mais velhas mexendo nas panelas. Mães, tias e avós ficavam ao redor do tacho coordenando as jovens:

– Não pode parar de mexer nunca, senão gruda no fundo e perdemos toda a *chimia*! – comandava a experiência.

Um copo de trago bem preparado vindo da cozinha rodava de mão em mão. Enquanto os homens cuidavam o assado na volta do fogo, as mulheres se dedicavam aos acompanhamentos na boleia do fogão. Extensas mesas de madeira, estrategicamente armadas na sombra do pátio, aguardavam os convidados que iam se chegando. A coxilha, na entrada da propriedade, servia de estacionamento e ficava cheia. Parentes, amigos, vizinhos vinham a pé, a cavalo, de trator...

– Até de auto! – gabava-se o tio Adão no meio de sorrisos.

Para completar, algum vizinho trazia gaita.

O aniversariante andava por toda parte como que supervisionando aquilo que era seu maior presente. Ia da cozinha ao fogo do assado, da cancha ao tacho. Fazia parada nas rodas. De mãos na cintura e palheiro no canto da boca, soltava conversa alegre recheada de anedotas. O mais saboroso de tudo era o bate-papo. Entre risadas, histórias e repreensão, o aprendizado era absorvido no influxo das gerações.

– Tá contente hoje, né, véio? – soltou carinhosamente o sobrinho-neto perto do fogo, na roda com os demais.

– Que nem guacho na hora de mamar! – respondeu de pronto tio Adão.

E seguiu-se a charla:

– O que te deixa mais feliz nesses oitenta, tio?

O velho contemplou o jovem. Olhar miúdo de felicidade. Boina atravessada na cabeça. Deu uma averiguada longe na volta. Prestou atenção na letra da música:

...Porque um tiro que se lança
Jamais dá volta pra mão
E se é culo, meu irmão
Teus troco ficaram à soga

Volta clavada que sorte, sorte clavada
Que volta, se vai a alma no osso
Depois que o osso se solta...

Pitou o palheiro. Olhou pra cinza e bateu com o dedo médio. Soltou a fumaça. Com a outra mão na cintura, levantou o olhar para o sobrinho e respondeu:

– O que me deixa mais feliz é a tua presença!

Sorriu, pegou o copo que o irmão lhe empurrava no peito, deu um gole, repassou a cana e foi ver se a *chimia* já estava no ponto.

Garfadas da vida

O movimento do talher chamava a atenção de Cássio a cada garfada. Ao longo do tempo, o homem de quarenta e cinco anos aprendeu a dar valor àquela relação, cujo tempo era o mesmo de sua vida.

A mãe, sentada à mesa, ainda realizava todos os movimentos necessários para viver sozinha em casa, um pequeno apartamento em bairro central de Porto Alegre. A diferença era o ritmo. Tudo era realizado com mais calma. Velocidade e destreza são características que a vida consome. Vão rareando com o passar dos anos. Como a cerração, que sobe e desaparece lentamente com o avanço dos raios de sol. Um contraste diante da pressa que tocava o mundo fora daquele lar.

De três, Cássio era o filho do meio. Uma irmã residia em São Paulo. O outro irmão, o céu já levara, assim como o pai.

Dona Nair, com seus oitenta anos, realizava as tarefas da casa. Mas só as de que gostava. Uma secretária (como chamava a empregada doméstica) auxiliava nas atividades mais pesadas. Não abria mão de fazer a comida. Desde a compra dos ingredientes na feira até a colocação da mesa. O almoço diário com o filho era o compromisso principal. Ali, naquela pequena hora de ambos, Cássio se despia da pressa sem sentido que tomou conta de nossas vidas e contemplava os movimentos lentos da mãe.

Sentado no banquinho da cozinha, vendo Dona Nair empunhar a faca (com os dedos das mãos retorcidos pela artrose) e cortar a abobrinha para o refogado em movimentos leves e precisos, pensava na vida, enquanto a conversa fluía mansamente.

O movimento da mão, fazendo tremer o garfo, havia chamado a atenção de Cássio. "Decerto deve ser da idade", pensava ele, enquanto o almoço corria tranquilamente. Lá fora, buzinadas de carros na avenida, carregando os alunos da tarde para a escola.

Entretanto, o que para Cássio era apenas efeito do tempo, não passou despercebido dos olhos da irmã, experimentados pela profissão de médica. Em visita à mãe, o movimento corporal chamou sua atenção, e tratou de investigar melhor. O resultado: mal de Parkinson.

– É apenas um diagnóstico – sentenciou Dona Nair e seguiu tocando a vida mansamente.

Como era de se esperar, a doença evoluiu a ponto de não mais conseguir viver sozinha. As quedas, acompanhadas da impossibilidade de se levantar, inviabilizaram a vida como ela levava. Dona Nair foi residir com a filha em São Paulo, e os almoços entre ela e Cássio se perderam no rumo do centro do país.

O filho passou a visitar a mãe com certa frequência. Não a que a saudade dela exigia, somente três a quatro vezes por ano. Uma delas era nas férias de verão, o que incluía o Natal. Com o passar do tempo, Cássio pôde perceber a luta entre corpo e mente que reduz o tamanho do mundo aos efeitos da senilidade.

A doença evoluiu feito nuvem de gafanhotos digerindo as células cerebrais. Rigidez muscular, desequilíbrio, depressão, dificuldade ao engolir... O andador foi sua arma na luta contra o inimigo invisível. Até que ficou no leito, reduzindo ainda mais o espaço de seu mundo. Não tardou para que as visitas ao hospital se tornassem frequentes. A cada ida, o tempo de hospedagem aumentava. No mesmo compasso em que os movimentos de Dona Nair se reduziam.

Em mais uma visita de Natal, Cássio passou se revezando com a irmã na companhia da mãe, junto ao leito hospitalar. Dava comida na sua boca, auxiliava a equipe de enfermagem na rotação do corpo, secava-lhe os olhos, que não paravam de lacrimejar... Sentava-se por alguns minutos na poltrona, para logo ouvir mais um pedido da mãe:

– Filho, apague essa luz... filho, acenda a luz... filho, me alcance o guardanapo de papel... filho, pegue o guardanapo de papel de minha mão...

Cássio, sem poder parar na poltrona, atendia os pedidos, única forma de a mãe se manifestar e manter viva a relação de amor filial.

Quando estava dando o almoço, ouviu dela:

– Eu rezo todas as noites para o teu irmão vir me buscar!

– Por que, mãe?

– Olhe como estou: deitada em uma cama de hospital, usando fraldas, tu me dando comida na boca. Para me movimentar são necessárias três pessoas...

Ele ouviu a confissão materna e seguiu na tarefa.

Ao deixar o hospital, pensou que era hora de agradecer à mãe pelo que se tornara. O seu triunfo na vida pessoal e profissional era fruto da dedicação de seus pais. Ensaiou um texto e mediu as palavras para o próximo turno de revezamento com a irmã. Agradeceria à mãe enquanto ela ainda estivesse lúcida.

No outro dia, no mesmo horário, Cássio estava sentado junto ao leito da mãe, servindo-lhe o almoço, ela recostada na guarda erguida da cama, recebendo a comida na boca. Foi quando começou:

– Mãe, eu queria te agradecer por tudo, pelo que tu...

E as lágrimas afogaram a sua voz. Cássio não conseguiu avançar no pequeno discurso preparado. Olhando atenta o rosto do filho, a mãe completou, com a calma da idade e a mansidão do sorriso:

– Tu queres me agradecer por eu ser tua mãe?

A felicidade da ovelha

Quando cheguei de madrugada, a cama estava vazia. Essa cena tinha virado rotina. O quarto era quase sem mobília. Apenas o básico necessário: uma cama-box de casal junto da janela, lençol e cobertor ainda revirados da noite de sono. É perda de tempo arrumá-la se na noite seguinte será desarrumada novamente.

Do lado direito da cama, um bidê de madeira de lei dos anos 1920. Foi de uma tia, presente de casamento, que, por conta desses mistérios de família, havia parado comigo. Um pequeno abajur sobreposto para ajudar nas noites insones. Também, um copo para garantir a água sem levantar brigava com a cortina branca que não servia para nada, às vezes balançando com o vento da tarde. Um guarda-roupa fechava o conjunto da cena, perto do deprimente.

Por um bom tempo a minha vida se resumiu à boemia na redondeza de casa, tendo como final aquele quarto espartano.

Tempos duros!

O barulho que vinha do apartamento de cima era rotina, principalmente nas madrugadas de sábado e domingo. Aquilo me doía na alma.

Inveja, talvez!

Logo acima da minha cabeça estava acontecendo o que eu procurei a noite toda. E não achei!

– Ai, assim, assim, assim, tuc, tuc, tuc, cachorra.

Era um misto de gemidos, adjetivos e móveis se movendo. Tudo o que eu precisava para fechar a noite e rechear a minha cama. Esse era o happy end que eu procurava.

O som de vozes era familiar. Pelo menos o assim e o ai, ai, ai. Os adjetivos é que mudavam, da mesma forma que a voz de quem os dizia.

A vizinha de cima sempre arrumava companhia para as noites. Ao menos quando queria. Para o homem não basta vontade. Há que ter talento. E um pouco de dinheiro.

Mas, naquela noite, decidi que iria mudar a rotina. Esperei o silêncio chegar ao andar de cima. Logo depois, um tchau baixinho e um estalo de beijo curto. O barulho da porta se fechando é o sinal de que o campo está aberto. Eu conhecia a sequência dos atos, afinal, aquilo era uma rotina, torturante!

Assim que a porta se fechou no andar de cima, esperei alguns minutos até ouvir no corredor o eco de alguém saindo do prédio. *Enseguida plan*! É o portão que dá para a rua.

Hora da ação!

Segui pé por pé pelo corredor até encontrar as escadas, sem acender as luzes. Não queria chamar a atenção dos vizinhos. A minuteira da iluminação das áreas comuns poderia me denunciar àquela hora da madrugada. Tem sempre alguém que fica fresteando pelo olho mágico. Subi as escadas com calma, usando a luz do celular. À medida que me aproximava do destino, o coração batia mais forte.

Eu estava ofegante!

Parei na frente da porta. Pensei um segundo. Levantei o braço direito, punho cerrado para bater. Não posso usar a campainha. Recolhi o braço, pensei uma vez mais. Voltei ao ataque.

Questão de sobrevivência!

Toc, toc, toc. Bati na porta, mas com delicadeza.

Nada. Apenas o silêncio.

Toc, toc, toc. Insisti. Agora ouvi o barulho suave de pantufas no piso de taboão.

Havia movimento lá dentro. A porta se abriu. Ela estava enrolada em um fino lençol branco, seus cabelos ruivos denunciavam a felicidade da agitação recente que tanto me torturava. O rosto estava afogueado e as mãos suadas cobriam os seios nus por debaixo daquele pedaço de pano transparente. Seios protuberantes. Mas na medida certa. Nem mais nem menos.

Ela era realmente linda!

Isso me causava ainda mais dor!

Não a deixei respirar. Antes que ela pensasse em falar, dei um passo para dentro, encostei a porta sem fechá-la totalmente e narrei-lhe o meu drama. Angustiante, por sinal. Ela me ouviu atentamente.

Era quase uma súplica!

Ao final do relato, quando coloquei toda a minha angústia para fora, ela olhou-me com carinho, olhar compreensivo de mulher amada. Passou a mão macia e suada em meu rosto também suado, mas por outros motivos. A boca carnuda tão perto do ouvido que eu sentia o calor das palavras. E disse baixinho, quase murmurando:

– Meu amor, da fruta que tu gostas eu como até o caroço!

Não tive forças. Vi que não podia fazer nada e fugi. Desci as escadas correndo, fechei a porta e mergulhei na cama vazia. Uma estranha felicidade tomou conta de mim. Meio mórbida. Havia coisa pior do que voltar para casa no zero a zero.

Aliviado, dormi mais feliz naquela noite.

O lobo pegou a outra ovelha!

Perdoem-me a resignação

A cena é de dor. Um caixão fúnebre ornado com coroas de flores e arranjos típicos da ocasião. Amparado sobre carrinho móvel cromado, avança lentamente pelo corredor da galeria lúgubre, rumo à despedida final. A chusma acompanha o movimento lancinante e silencioso. Final de tarde de verão. A ocasião foi banhada por temporal refrescante que antecedeu ao ato.

– Vou pedir uma salva de palmas para ele!

É a frase de despedida que Helena improvisa neste momento angustiante. O sepultamento do filho. O rosto materno demonstra resignação incomum para o momento. Os presentes atendem ao pedido e aplaudem o corpo que jaz aguardando o engavetamento doloroso.

Helena fora mãe dedicada. Fernando era seu primogênito. Durante a criação cobriu o filho com o manto do amor materno. Ele teve tudo. Desde suporte emocional às questões materiais, nada lhe faltou. Cresceu um jovem bonito, educado e de coração bom.

A única coisa que não teve foi limite.

Tudo ele podia. Bastava querer. Aos dezesseis anos os pais lhe emprestavam o carro para sair. A condição era um amigo habilitado. Aos dezoito, quis conhecer o mundo e foi presenteado com viagens. O esporte praticado era com os melhores equipamentos. Tinha poucos compromissos com a vida. As decisões do rapaz encontravam respaldo no ninho de casa. Ainda que erradas.

As consequências do amor desmedido refletiam-se na alma do filho. A boa pessoa contrastava com o ser implacável que se revelava quando projetos pessoais estavam em jogo. Então, o caráter egoísta dominava suas qualidades.

Ainda jovem conheceu as drogas. Primeiro o álcool. Depois a maconha. No auge da vida adulta experimentou a cocaína. Não teve forças para domar o mal e sucumbiu paulatinamente.

Helena viveu o drama de Fernando, sem encontrar um caminho capaz de alterar a rota escolhida. Tentou de todas as formas mudar o destino ainda improvável, mas conhecido. Chegou a financiar a dependência do filho.

Em momento de desabafo revelou a uma amiga o drama em que vivia:

– Ele me pede dinheiro e diz que é para sair com alguma menina. Dou, mesmo sabendo que é para saciar o vício. Ao menos o mantenho dentro de casa, perto de mim. Do contrário sai porta afora procurando solução para a vontade incontrolável. Não sei se estou certa. Assim meu coração dói menos.

– Tudo é certo para quem vive essa situação. O erro é obra da leviandade alheia. Não sei o que dizer – respondeu a amiga.

Helena tinha consciência de que estava perdendo o filho antes mesmo da despedida final. O menino criado para o mundo revelara as falhas do processo de educar, que não se lê nos manuais. Ela deu o melhor de si; o fez convicta do acerto. Por isso a face resignada no momento da despedida.

A mãe teve consciência da parcela de colaboração para o destino cruel: a falta do NÃO. O amor em excesso. O amor que evita rota de colisão para não desagradar o ser amado. O amor mais fácil. Ao coração resignado restou o pedido de palmas.

Uma salva de palmas para invocar os espíritos protetores a acompanhar o filho amado na vida eterna. Aplausos para louvar a obra materna que encontra repouso na resignação.

Os meninos de Lourdes

O início da noite quente de janeiro, no Hemisfério Sul, não alcança Heinrich. Sentado na confortável poltrona em uma das salas da bela casa nos altos do Moinhos de Vento, o senhor de oitenta e cinco anos assiste às notícias do dia pela televisão, enquanto o condicionador de ar (na função *comfort sleep*) sopra tal qual brisa à beira-mar numa noite de março.

De origem germânica, soube absorver a excelente educação proporcionada pelos pais, moral e materialmente. As posses familiares permitiram-lhe frequentar os melhores colégios, cursar a Faculdade de Direito e fazer-se desembargador. Agora, vive a aposentadoria, cortejado pelas pessoas cujo carinho soube cativar ao longo da vida.

– Posso servir o jantar, Doutor Heinrich? – pergunta Lourdes, a fiel escudeira.

Com quase trinta anos de serviços prestados, cuida das lides domésticas e dos demais funcionários da casa.

Afrodescendente, beirando os cinquenta anos, educada e ainda bonita, nutre um sentimento de profunda gratidão por Heinrich, que, inclusive, proporcionou os estudos de seus dois filhos.

– *Sancionada a lei que tipifica como crime de racismo a injúria racial* – informa o âncora do jornal televisivo.

– Um minutinho, Lourdes, que eu quero prestar atenção nesta notícia.

Alguns momentos depois...

– Se o senhor acha que isso aí vai mudar alguma coisa, eu duvido muito – reclama Lourdes.

De pé, ao lado do patrão, com as mãos na cintura, ela fixa o olhar na tela, tomando parte no assunto proposto pela notícia.

– Como assim, Lourdes?

– Botar no papel que chamar alguém de negro sujo dá mais cadeia não vai resolver o problema do racismo! O senhor acredita que um pedaço de papel, escrito por uma maioria branca, muda alguma coisa?

Heinrich, ainda sentado em sua poltrona, fica pensativo. Processa a irresignação da funcionária segurando o queixo com a mão direita apoiada no braço da poltrona, alisando a face com o dedo indicador.

– O racismo está enraizado em nossa sociedade desde os tempos da escravidão. Um processo histórico de mais de quinhentos anos. A mudança exige atitude perseverante e perene. Essa lei é mais um ato que demonstra a evolução no caminho da igualdade racial.

– O furo é muito mais embaixo, Dr. Heinrich. O senhor não está entendendo! Quantos negros estão na política, na faculdade? E olha que somos a maioria da população brasileira. O senhor sabe quem representa a massa dentro dos presídios? Nem preciso lhe dizer, né?

– Sei, sim, minha cara. Mas veja o lado bom. Hoje estamos aqui, nós dois. Ainda que com diferenças, temos uma relação de natureza contratual, é claro, mas também de amizade. Provavelmente, os meus antepassados tiveram apenas escravos...

– Não tem lado bom, patrãozinho! A gente tá em pleno século XXI, e a escravidão ainda existe. Agora, modernizada, ganhou o nome de racismo.

– Bem, naquela época nem se falava em racismo. Isso é um pouco da evolução do Homem, ainda que estejamos a passos lentos, é verdade.

– Que ver uma coisa? Posso lhe fazer uma pergunta?

– Claro, por favor.

– O senhor está caminhando na calçada, e na sua frente, no outro sentido, vem um grupo de meninos pretos. O que o senhor faz?

– Eu mantenho o meu passo, no mesmo sentido.

– Por quê?

– Justamente porque não nutro sentimento racista. Mantenho minha atitude como forma de comprovar o compromisso com a igualdade racial.

– Tá vendo? O racismo tá na alma das pessoas!

Heinrich, absorto, alisa mais um pouco o queixo com o dedo indicador, levanta-se lentamente da poltrona, pega Lourdes pelo braço e diz:

– Vem, querida, vamos jantar, que essa notícia me deu fome...

Escravidão eletrônica

Manhã de outono. O sol pinta de ocre o rio e colore a temperatura fria no caminho de Erasmo. Desde adolescente que aprecia esta parte da cidade. Aos cinquenta anos é frequentador diário da orla, primeiro correndo e depois caminhando. Dedica esse tempo para se desplugar do mundo atual e conectar-se com a vida. Nos últimos anos, com o empenho do poder público, o local está revitalizado. E a cidade, que teimava em dar as costas para o rio, agora o abraça alegremente, com a força de um amor materno.

Mas Erasmo não entende por que diabos uma pessoa pratica exercícios falando ao telefone celular. Ele mesmo convive com um conflito: levar ou não o aparelho na caminhada. "Alguém pode querer falar comigo", costuma pensar vacilante, avançando a mão sobre o telefone, como um disco voador prestes a abduzir o objeto. E tal qual o viciado que resiste ao impulso, recolhe a mão e toma o rumo da rua.

Há tempos o comportamento das pessoas à sua volta o incomoda. Submetidas ao jugo das redes sociais, esquecem-se dos valores mais caros às relações humanas. Nos almoços de domingo com a família, nas amenidades do bar e até mesmo nas reuniões de trabalho, os assuntos ficam voando, e a prosa se perde na descontinuidade. Aos convivas, amigos de boteco e colaboradores interessam mais os diálogos sem fim dos aplicativos do que dar valor ao momento vivido.

– Perdão! O que tu estavas falando mesmo?

A sentença mais repetida, acompanhada do gesto de levantar a cabeça depois de desviar o olhar da tela do celular, se transformou numa espécie de pedido de desculpas para justificar a falta de educação e o total desinteresse pelo outro. A competição por *likes*, a desconexão com a realidade, a busca de uma vida utópica são o chicote e o pelourinho da vida eletrônica. São os instrumentos utilizados por essa senhora de engenho cibernético, para manter a disciplina e obediência de seus cativos. O silêncio das mesas de bares e restaurantes virou uma cena corriqueira. Cheia de pessoas, mas vazia de conteúdo. Gente reunida, mas separada. Cada um em seu mundinho, cabisbaixo, marchando a cabresto pelas redes sociais.

Erasmo passa a defender sua pequena revolução. Desativa todas as notificações dos aplicativos. Quando é locutor da conversa e nota o desinteresse do ouvinte, para de falar, mantendo-se calado até o parceiro ou a parceira de *charla* ser tocado pelo silêncio e levantar a cabeça para ver o que está acontecendo.

– Obrigado! – agradece ele afável e segue com o assunto.

Quando um amigo interrompe abruptamente o assunto proposto e, com o celular na mão, convida-o a assistir a um vídeo qualquer, ele diz:

– Desculpe, agora não posso ver!

O lar é o campo mais fértil de sua revolta silenciosa. Controla os filhos, não permitindo que eles peguem o celular após certo horário. Estimula atividades na rua com a gurizada: caminhar, andar de bicicleta, promover encontro com os amigos no parque... Se a companheira acena em levantar-se para checar a notificação sonora recebida no aparelho, Erasmo deixa o ambiente da sala, onde a família está proseando mansamente, e em silêncio se recolhe ao quarto.

Neste dia de caminhada, Erasmo contempla o rio. Percebe que a cada momento do avançar do relógio a paisagem fluvial muda conforme a luminosidade solar. Um espetáculo da natureza. Ao trote, cabeça erguida, nota ao longe uma jovem vindo em sentido contrário, pedalando numa dessas bicicletas de cor laranja que compõem o modal de locomoção da cidade. O longo cabelo castanho é jogado para trás pela brisa, colidindo com a velocidade imprimida pela moça.

A certa altura, ela saca o celular do bolso de trás de sua calça, posiciona-o em direção ao alto com a mão esquerda, preparando a *selfie*. Afinal, é importante registrar o momento de felicidade e postar logo nas redes sociais. No guidão, somente a mão direita.

Só que, próximo às rodas da bicicleta, está o meio-fio, que, como um réptil, espreita a vítima em silêncio. A moça, feliz, empenhada em postar, não nota a leve curva à frente. O pneu dianteiro roça o cordão da calçada, e ela sai lavrando a tinta branca. E a *selfie* se perde no ar.

Erasmo corre para acudir a jovem esparramada entre a bicicleta e o telefone.

– Está tudo bem?

– Ai, ai, ai, sim, sim. Meu celular? Onde está?

– Está aqui.

Erasmo junta o aparelho e o alcança.

– Tio, tio, vamos tirar uma *selfie*? – diz a moça, ainda estatelada no chão, com a bicicleta enrolada nas pernas, o *jeans* rasgado, sulcos de sangue e restos de tinta branca pelos braços.

Neste momento, olhando a cena, agachado junto da moça, incrédulo com a inversão de valores, Erasmo lembra-se de Mandela em sua revolução. E se dá conta de que a luta de um ser humano para conseguir ser livre está na capacidade de se levantar a cada queda, sem deixar que o sangue das feridas abale a sua fé.

A velha tropeira

Vó Silvia não era avó. Era tia. Mas uma tia com cara, sentimento e dedicação de avó. Beirando os setenta anos, de estatura alta, corpo delgado e cabelos brancos mantidos curtos, ostentava óculos de armação arredondada maiores que a face. Na boca, alguns poucos dentes. Resultado de práticas odontológicas da época de sua mocidade, cujo tratamento se resumia à extração do dente dolorido. Espaço que serviu de suporte para a dentadura, a qual, longe de ser fonte de mágoas, prestava-se para alegrar os meninos André e Adriano.

– O Drácula vai pegar vocês!

Anunciava ela com a bocarra aberta, o lábio inferior recolhido, mostrando somente um canino superior. Fazia isso depois de virar o rosto para trás e tirar a dentadura, escondendo o movimento dos guris, tal qual o mágico que oculta parte do truque.

Não sabia sequer assinar o nome. Mas tinha conhecimento da vida. Também não teve prole. Cuidou dos dois sobrinhos que viviam juntos no mesmo pátio, como netos que não teve. André e Adriano eram gêmeos. E, desde que respiraram o primeiro ar, desfrutaram da atenção e amor da Vó Silvia.

Ela era fã de Teixeirinha e Elvis Presley, a quem se referia como *Élis Pélis*. Todas as manhãs o rádio ficava ligado no programa *Teixeirinha Amanhece Cantando*. À noite, *Teixeirinha Comanda o Espetáculo*.

– Hoje tem filme do *Texerinha* na Sessão da Tarde. Vou fazer pipoca e bolinho de chuva, e vamos olhar – dizia ela aos sobrinhos, traçando a programação.

Aos domingos socava os meninos na *Variant* do Tio Frank e os levava para a chácara do irmão dela em Belém Velho, um bairro que ainda mantinha traços de zona rural. No caminho, cruzava pela casa do Teixeirinha e não se cansava de mostrar o local para os guris.

– Aqui é a casa do *Texerinha*. Tem uma piscina que é uma cuia.

Quando estava no tanque lavando roupa, passava o tempo cantando *Tropeiro Velho:*

> *...Tropeiro velho que tanta tristeza*
> *Esconde o rosto na aba do chapéu*
> *Olhos cravados no fogo do chão*
> *Olha a fumaça subindo pro céu...*
>
> *PAM, PAM, PAM!*

E batia a roupa na tábua de madeira posicionada na metade esquerda do vão do tanque. Depois, mais uma enxaguada.

Os meninos cresceram. Os pais melhoraram de vida e se mudaram para outro bairro. Mas as visitas eram frequentes, especialmente nos almoços dominicais.

Quando André e Adriano estavam com quinze anos, Vó Silvia sofreu um AVC. Perdeu os movimentos do corpo, não falava mais, apenas movia os olhos... Seu mundo limitou-se ao silêncio da cama.

A tristeza que a cena da tia, que era avó, causou nos meninos os afugentou do contato com ela. A mente juvenil não sabia suportar a dor e a angústia. Não estava madura para aquela que foi a primeira perda sentimental de suas vidas. Os pais também não insistiram muito. E os meninos não visitavam mais a Vó Silvia.

A mãe lutou para enfrentar aquela situação, uma espécie de egoísmo que acossou os gêmeos:

– Vocês têm que ir lá visitar a Silvia. Ela não fala e não caminha, mas tem sentimentos.

Adriano foi algumas poucas vezes. Mas voltava para casa muito triste, sem compreender os mistérios da divindade. André não teve a coragem do irmão.

Passados dois anos, em um domingo de Páscoa, após a mãe voltar da visita à Vó Silvia, André estava na cozinha, quando ela veio lhe falar. Na mão, dois bombons.

– A Silvia mandou pra vocês! – disse ela, abrindo a mão direita e mostrando os doces.

André pegou carinhosamente um dos bombons, com os olhos cheios de lágrimas.

Os adolescentes cresceram, amadureceram, e sempre que André escuta a música *Tropeiro Velho*, se recorda da Vó Silvia. A velha senhora que, mesmo imóvel e morrendo de saudade, cultuou somente o amor. E, quase sem vida, ofereceu mais um ensinamento aos sobrinhos. Como se estivesse a entregar seu cavalo e arreios para que André e seu irmão seguissem tropeando pelo mesmo caminho de alegria e dedicação, sem espaço para ressentimentos.

Orfeu e o futebol

Ano de 1993. Ricardo está com trinta e cinco anos de idade e desfruta de uma condição financeira que permite a ele e sua família viver com facilidade.

Os símbolos de ostentação da época são o Logus Pointer (um carro esportivo lançado pela Autolatina, empresa surgida da união entre Volkswagen e Ford) e o aparelho de telefone celular StarTAC, da Motorola. Com design arrojado, que podia ser dobrado ao meio, pesando apenas 88 gramas, é o desejo de consumo da sociedade oca que sobrevive ao tempo.

Ricardo possui ambos os símbolos. Mas nem sempre fora assim. Nascido e criado na periferia de Porto Alegre, é filho de mãe professora e pai funcionário público, ambos de baixo salário. A educação do menino foi forjada sob o teto da dificuldade, escorado no esforço dos pais.

O guri, de cabelos loiros e olhos claros, dividia as tardes entre estudos e o divertimento com amigos na rua, vigiado pelos olhos atentos de Madalena. Ela era negra e, formalmente, a empregada da casa, mas gozava do status de membro da família, acariciada com o devido valor reconhecido pelos demais.

Ricardo cresceu entre brancos, pardos, amarelos e pretos, alguns piolhentos e ranhentos. Todos brincando em pé de igualdade pela rua.

– Não rateia, negão!

– Hiiiii! Tem branco no samba!

A gurizada pegava no pé um do outro, destacando os atributos ou defeitos físicos, cor da pele... Mas com a pureza e alegria que só a amizade sincera permite.

Quando ia ao estádio de futebol, levado pela mão do pai, Ricardo ouvia a torcida adversária pular e entoar seus cantos:

– MACACO, MACACO, MACACO!

Eram considerados, na época, apenas cânticos de torcida...

Muitos anos depois, neste 1993, Ricardo planeja férias em família. Irão à Bahia, conhecer Salvador. Ele, esposa e filho pequeno seguem para quinze dias de justo descanso na cidade que outrora foi capital do Império, conhecida pela arquitetura colonial portuguesa, pela cultura afro-brasileira e pelo mar tropical.

Pelourinho, ensaio do Olodum, Bar do Reggae, baianas, acarajé, abadá, Nosso Senhor do Bonfim, Mãe Menininha, Jardim de Alá, Itapuã, Praia do Forte, Farol da Barra... A experiência enriquece a bagagem cultural da família.

A certa altura das férias, estão visitando o Pelourinho, quando um negro alto, bem apessoado, vestindo bermuda branca de barra italiana, camisa polo de marca, mocassins Salvatore Ferragamo, estaciona e desce de seu carro novo (um Logus Pointer). Na altura do quadril, pendurado no cinto também de qualidade, um celular StarTAC Motorola. Na cabeça um chapéu-panamá.

Algo chama a atenção de Ricardo nessa cena. Sem identificar o motivo, fica acompanhando o recém-chegado.

– Bom dia! Sorria, você está na Bahia! – cumprimenta o homem, abrindo um largo sorriso branco e seguindo seu destino.

As férias acabam, e a vida retoma seu curso. Em Porto Alegre, como seu pai, Ricardo também passa a levar o filho no Beira-Rio. Gosta de ver o Colorado jogar. E quer que seu filho também tome gosto pelo time do coração. E diz assim a seus amigos:

– Pro teu filho gostar do Inter é fácil. Primeiro, tu leva ele no estádio do Grêmio. Deixa o guri no sol o jogo todo. Não dá nem água. Depois, tu leva no nosso. Senta na sombra. Dá pipoca, sorvete, água, refri, pizza... Tudo o que ele pedir. O guri se apaixona pelo Colorado. Não tem erro!

Naquele jogo, um torcedor adversário passou o tempo todo chamando o goleiro reserva do Internacional (que estava sentado na casamata) de macaco. Ainda ficava imitando gestos do andar símio. O torcedor foi identificado pelo sistema de vigilância, apreendido, retirado do espetáculo, e responderia perante a Justiça por seus atos racistas.

Testemunhando a cena e sabendo depois dos desdobramentos, Ricardo sentiu uma espécie de alívio, pois, provavelmente, seu filho não irá estranhar ao ver um preto bem-sucedido caminhando despretensiosamente pela rua. Na dúvida, não cometerá o erro de Orfeu, ao desconfiar de Hades. Não voltará ao passado. Seguirá firme pelo túnel da vida, olhando somente para frente.

Vida em reflexos

A cena se repetia todas as manhãs às sete horas e vinte e cinco minutos. Maira se postava inquieta diante do espelho. Muitas vezes e em várias posições. Primeiro de frente com as mãos na cintura. Cabeça erguida olhando firme o olhar refletido. Virava meio corpo para a esquerda sem perder o foco. Checava a região glútea. Depois, repetia o movimento para a direita. O cabelo negro e comprido acompanhava o movimento corporal, jogado por cima dos seios.

– Feia – respondia-lhe o espelho em tom amargo.

Estava emoldurado num móvel em madeira de lei, com tamanho que refletia todo o corpo. Peça bonita do quarto bem mobiliado. Pensado por arquiteto considerando todas as tendências.

Maira ia para dentro do pequeno *closet* e trocava a vestimenta. Outros sapatos, um *tailleur*, lenço no pescoço ou na cabeça, colar, brincos, camisa. E voltava à carga.

– Agora piorou. Já te disse que não gostei dessa sandália! – retrucava o parceiro reflexivo referindo-se às sandálias que Maira comprara meio que por impulso no shopping, se arrependendo depois.

– Ainda te quebro, espelho velho! – retrucava a moça e saía feia mesmo, sem mais tempo para trocas, ou chegaria atrasada para o trabalho. Não se gostando, como dizem as mulheres, ainda que elegantemente lindas.

"Preciso comprar um espelho novo", pensou ela, checando o *look* na imagem projetada dentro do elevador.

Maira, aos trinta anos, era uma mulher bonita. Mas a beleza andava escondida. Faltava-lhe alegria. Servidora pública bem colocada, pegava carona todos os dias com a colega de trabalho e amiga Andréia. Por isso tinha que estar na frente do prédio às sete horas e quarenta e cinco minutos, pontualmente.

Seus colegas não lhe poupavam adjetivos: mal-amada, amarga. Melhor até que fosse bipolar.

O trajeto no carro reservava encontros diários com um senhor idoso vendendo jornais na sinaleira, produzidos por uma organização de bairro. Andréia sempre comprava.

– Bom dia! Ganhei o meu primeiro real.

Ostentando a moeda, o velho devolvia a gentileza com um largo sorriso, cheio de fé e felicidade.

– Não sei por que tu gasta dinheiro todo dia com esse jornalzinho se nem lê. E o papel é sujo ainda.

– Tu já notou como é barato ganhar um sorriso? Só um real – respondia a amiga amavelmente.

A frase ficou na cabeça de Maira, regada pelo gesto quase diário de felicidade do ancião, que tinha todos os motivos para odiar o mundo. A cena impregnou-se nos pensamentos dela. Acompanhou-a, refletindo talvez uma intervenção divina.

Certa manhã, ela acordou e surpreendeu-se com a beleza da luz do dia. Ouviu o sabiá cantar. Tomou seu café preto com suavidade. Vestiu-se com leveza. Olhou o espelho e sorriu.

– Estás maravilhosa hoje!

A frase do amigo imaginário lhe caiu como um sussurro da pessoa amada. Entrou macia em seus ouvidos. Não trocou um brinco sequer. "Amo esse espelho de chão", pensou ela.

Maira bateu a porta e saiu com a moeda separada para ganhar um sorriso.

Sentimento eterno

Década de 20 do século XXI. O jardim carinhosamente cuidado tornou-se o refúgio de Joana nessa altura da vida. Ali a senhora de noventa anos passa as tardes de sol. Encontra distração entre flores, folhagens, esculturas, bancos e objetos da cultura oriental que ornamentam o grande espaço de grama verde-esmeralda nos fundos da sua casa.

Foi ela quem, ao longo da vida, cuidou e embelezou o local. Tornou-o aprazível para aproveitar o sol que o inverno do Sul nos oferece regularmente. A ascendência alemã dos primeiros imigrantes que chegaram a Porto Alegre assegurou-lhe uma vida financeira confortável. Permitiu-lhe dedicação integral a seus amores e aos desafortunados que, de alguma forma, tomaram parte em sua vida.

Os cabelos loiros não mais irradiam o brilho da juventude. O amarelo-ouro de outrora foi sendo dominado pelo branco, como a neve que cai lenta e levemente, tomando conta do solo e queimando um pedaço de vida nas folhas e caules das plantas. O azul dos olhos está ofuscado, deixando opaco o olhar que no passado irradiou a alegria de viver.

Os movimentos corporais, ainda preservados em decorrência da vida dedicada aos esportes e ao cuidado com a saúde, permitem alguma atividade.

– O Marcel já chegou? – pergunta Joana, enquanto contempla o ninho de passarinhos com filhotes, construído entre os galhos de uma oliveira jovem que é a atração do jardim.

– Não, vó. Ele ainda não chegou – responde o neto com carinho.

Marcel foi o marido e companheiro de Joana. O casal se conheceu ainda nos bancos da faculdade. Ela com trinta anos, separada do primeiro casamento e com dois filhos. Ele, um jovem de dezoito que ainda prestava o serviço militar. Não foi amor à primeira vista, mas um sentimento que se moldou ao longo do tempo, como obra bem alicerçada. Quando se deram conta, na metade do curso de Direito, já estavam apaixonados. Casaram-se antes da formatura, e a relação foi abençoada com um filho.

Entretanto, o amor de Joana e Marcel era exigente. Mais do que normalmente esperado quando se vive o verdadeiro amor. A diferença de idade sempre foi motivo de reflexão, e de certa preocupação para ela. Não raras vezes o casal foi julgado pelo comportamento invejoso, padrão da sociedade sem conteúdo. Joana tomou cuidado com a forma física, temerosa da diferença de idade que poderia ameaçar a constância do amor de Marcel.

Receosa com os efeitos da idade, a bela loira não mediu esforços para manter-se atraente ao seu par. Exercícios físicos, academia, massagem, dieta, visitas ao endocrinologista, cirurgia plástica...

A segurança da relação encontrava no desejo do companheiro um de seus pilares. Mulheres mais jovens eram uma ameaça que exigia pronta resposta. O seu ânimo deveria estar preparado para os desafios das provações que ameaçavam a estabilidade do casamento.

– Deve-se temer mais o amor de uma mulher do que o ódio de um homem! – gostava de repetir Joana entre amigas, parafraseando o filósofo, quando alguma ciumenta questionava a sua dedicação ao marido.

Como uma Valquíria sem medo de encontrar o Valhalla, Joana enfrentou com destreza todas as batalhas da vida que colocaram em perigo o seu amor. E saiu-se vencedora.

Por um desses mistérios da vida, Marcel viveu menos que Joana. Mas nem mesmo sua partida para o alto foi capaz de aniquilar o sentimento puro que ainda repousa no coração desta mulher.

– O Marcel ainda não chegou, Benício? – repete a anciã algumas vezes ao dia.

– Ainda não, vó – o neto não se cansa em responder, de forma carinhosa.

– Hoje ele está demorando... – fala Joana para si, baixinho, quase como um pensamento em voz alta. Só para os filhotes de passarinho, enquanto poda uma roseira em movimentos lentos, com a tesoura de jardim em punho e os óculos na ponta do nariz.

– Hora do bálsamo, Dona Joana! – brinca a empregada, que com ela trabalha há anos, trazendo em uma bandeja um copo d'água e o remédio para o Alzheimer.

– Não vejo a hora do Marcel chegar... – diz a velha senhora, olhando para o alto como quem procura algo, levando o remédio à boca com mão trêmula e pegando o copo.

Joana mantém em sua memória a eternidade do sentimento puro e verdadeiro.

Don Giovanni

São nove horas da manhã. Uma segunda-feira. Saulo entra no escritório que divide com o amigo Cleber. Dá bom-dia e senta-se à sua mesa. Abre a agenda que fica no canto superior esquerdo e faz anotações curtas nas últimas páginas. Sorrindo, gira a cadeira e olha para o colega. Na mão esquerda, a agenda aberta. Na direita, a caneta usada há pouco. Passa uma das mãos sobre as páginas como quem alisa o pelo de um gatinho de estimação. Olha para os rabiscos, ainda sorrindo, e diz:

– Mais uma, *doutor* Cleber. Este ano já são cinquenta e duas. E nem acabou ainda. Dá mais de uma por semana!

Saulo mostra o elenco de nomes femininos, fecha a agenda e liga o computador:

– Vamos trabalhar, que amanhã tem mais!

A cena se repete no mínimo uma vez na semana, ou mais. Saulo tem trinta anos. Ele e Cleber foram colegas do curso de Direito e, depois de formados, abriram uma banca de advocacia.

Saulo é de família abastada do interior. Filho de pais separados, a ausência da figura paterna marcou sua infância e adolescência. O avô materno, que fora importante fazendeiro de Lagoa Vermelha, assumiu a posição de pai. Desde pequeno, Saulo auxiliava-o na lida do campo. Mas o velho planejava um futuro melhor para o neto. Logo que o menino terminou o estudo secundário, o mandou para a capital estudar Direito.

Em Porto Alegre dividiu apartamento com dois primos até se formar. Havia carro e dinheiro à disposição, mais casa e comida. A vida se desenrolava entre estudos e mulheres. Saulo apreciava o sabor da conquista. Talvez mais do que o resultado. Terminada a magia do sexo, abandonava a moça sem cerimônia. Igual fumante que acende o cigarro e traga enquanto espera e depois, quando chamado, joga-o no chão pisoteando o resto.

O primeiro contato de Saulo com o sexo feminino foi em um bordel, levado pela mão do avô. Talvez aí uma parcela de explicação para seu comportamento implacável. Mantinha um rígido e meticuloso protocolo de ação.

– Eu tenho um *modus operandi* infalível, Cleber – gaba-se para o amigo.

Definida a presa, Saulo ataca usando os meios à sua disposição. Uma investida no bar descolado, uma abordagem em plena rua, nos corredores do foro... O objetivo é obter o telefone da moça. A insistência aumenta proporcionalmente com a negativa feminina. De posse do contato, inicia a arremetida. Falando ou digitando. Invariavelmente tem êxito. E leva a pretendente para um primeiro jantar.

– Se der de primeira, me tapo de nojo, *doutor* Cleber. Aí não me vê mais! Tem que se fazer de difícil.

Manda flores no dia seguinte e revela-se apaixonado. Outra saída. Pega a pretendente na porta de casa, na camionete cara e moderna. Fala de sua busca por um relacionamento sério sob a trilha dos *Rolling Stones*. Conquista definitivamente.

– Aí vêm os problemas, Cleber. Elas começam a reclamar de tudo! Enchem o saco com bobagens. Um dia tem que ir à casa do tio, outro tem que levar a mãe pra lá e pra cá... Quando a intimidade se instala, a paixão desaparece. É hora de sumir!

Saulo larga a moça sem muita explicação. Se ela insiste em busca do motivo, ele a destrata impiedosamente.

– Tu pareces o *Don Giovanni* da ópera de Mozart. Conheces? Deverias ler! – aconselha o amigo.

– ...

– *Don Giovanni* campeiro. Mais grosso que parafuso de patrola! – arremata o colega, já na gozação.

– Não conheço – responde Saulo. – Mas, se ele era pegador que nem eu, já tô gostando!

Ana é apenas mais uma conquista. Saulo iniciou o protocolo amoroso há algumas semanas. Prepara-se para o segundo jantar, depois das flores. Só que Ana é amiga de Vanessa... E as mulheres conversam sobre suas paixões.

– *Oiiiii, amiga. Quanto tempo? Vamos jantar amanhã?* – é Vanessa por WhatsApp.

– *Amanhã não dá, amiga. Vou sair com um gatinho!*

– *Hummmm???!!! Quem é o pretendente?*

– *O nome dele é Saulo. Conheci na calçada da Padre Chagas umas semanas atrás.*

– *Advogado?*

– *Sim! Tu conhece?*

– *Te abordou na rua, tipo filme americano?*

– *Isso! Como tu sabes?*

Vanessa liga para a amiga na busca de mais algumas confirmações:

– *Ele já te mandou flores? Disse que está apaixonado? Que quer um relacionamento sério? Botou Rolling Stones para tu ouvir?*

A amiga identifica o predador.

– *Terminou comigo em Buenos Aires, no meio da viagem, depois que o peguei flertando com uma hóspede do hotel. Eu chorava e ele dava risada. Jurei a ele que engoliria suas gargalhadas.*

E alerta-a:

– *Depois que tu estiveres caidinha por ele, vai te dar um chute. Te cuida!*

No dia seguinte, Saulo pega Ana em casa. O destino é um bom restaurante de comida tailandesa. Quando acomodados, apreciando drinques sob risadas, Vanessa aparece e cumprimenta Ana, que se levanta, abraça-a e beija-a. Saulo permanece sentado contemplando a cena de baixo para cima. O rosto na cor de assombração:

– Vocês se conhecem? – pergunta como quem procura uma saída.

Não há resposta. Vanessa pega o drinque que Ana bebe, passa o braço pelo ombro da amiga, sorri e despeja o líquido na cabeça de Saulo, que fica sentado, olhando-as pelas costas seguirem na direção da porta, engolido pela fumaça de suas conquistas e lembrando-se do conselho do amigo.

Dona Maria canta Lupi

Eu gostei tanto, tanto
Quando me contaram
Que lhe encontraram
Bebendo e chorando
Na mesa de um bar
E que quando os amigos do peito
Por mim perguntaram
Um soluço cortou sua voz
Não lhe deixou falar

...Você há de rolar como as pedras
Que rolam na estrada
Sem ter nunca um cantinho de seu
Pra poder descansar...

...Esses moços, pobres moços
Ah! Se soubessem o que eu sei
Não amavam, não passavam
Aquilo que já passei...

...Felicidade foi-se embora
E a saudade no meu peito ainda mora
E é por isso que eu gosto lá de fora
Porque sei que a falsidade não vigora...

...Eu gostei tanto, tanto
Quando me contaram
Que lhe encontraram
Bebendo e chorando
Na mesa de um bar...

Era sempre assim, desse jeito, e nessa forma salteada e em pedaços. Todos os dias, por volta das dez e meia da manhã, Carlinhos ouvia a cantoria de qualquer lugar da casa onde estivesse. Sabia que sua mãe iniciava os trabalhos junto ao fogão para garantir a refeição do meio-dia. Tinham horário para a mesa ser servida, pois o pai chegava do trabalho para almoçar. E bater o ponto de retorno no contraturno era outra obrigação.

A época: final dos anos 1970. O tempo dos pais de família. A vida sem pressa permitia o almoço diário em casa. Seu Waldir era funcionário público e cumpria horário-padrão. Muitas vezes o serviço exigia viagens na semana toda, o que não alterava a rotina da casa porque os filhos tinham que estar no colégio ao início da tarde. Eram dois meninos e uma menina, com idade em escadinha.

O *pot-pourri* de Dona Maria tinha hora certa para iniciar. Tal qual sino de igreja em cidade do interior, chamando os fiéis para a missa. Cantarolando apenas partes de canções que vinham à sua memória, como se formassem uma composição única, a jovem senhora de quarenta e cinco anos dominava com maestria o conjunto de panelas nas bocas do fogão. As notas musicais da voz suave se misturavam ao cheiro do sabor, impregnando o ar da cozinha de gosto e sentimento. Carlinhos cresceu ouvindo a mãe cantar à volta do fogão.

– Que horas tu vai querer a janta hoje, Waldir? – perguntava a dona de casa.

– Sete e meia. Tenho que sair às oito.

Carlinhos também via o pai sair com frequência às noites, após se refestelar na comida de sua mãe. A idade ainda não lhe permitia entender como aquilo funcionava. Não testemunhava reclamos da dona de casa. Sabia que o pai frequentava a maçonaria. E isso era tudo.

Certa vez, Carlinhos estava assistindo à televisão quando viu o pai se dirigindo à porta de saída. E indagou-lhe com inocência infantil:

– Onde tu vai, pai?

– Vou te responder como meu pai dizia: vou por aí!

Disse isso, fechou a porta de entrada da casa e saiu rumo ao destino desconhecido.

A cantoria seguiu animando a comida saborosa que deu vigor à vida de Carlinhos. O menino cresceu vendo sua mãe comandar a cozinha nobremente, com competência de diretor de empresa. Pouca coisa falhava, e sempre havia solução. A melodia que embalava o paladar incentivou o menino a ajudar a mãe na cozinha e ficou gravada na sua memória. Uma lembrança gustativa com sabor musical.

Carlinhos amadureceu, saiu de casa, formou família, deu netos a Dona Maria. Até que um dia a mãe, já com setenta e três anos, chamou-o para falar. Queria se separar do pai. Carlinhos argumentou que àquela altura da vida, quando o casal mais necessita um do outro para vencer as adversidades, talvez não fosse a melhor ideia.

A mãe, então, lhe contou:

– Quando vocês eram pequenos, tu tinhas cinco anos, descobri que teu pai tinha outra. Quis me separar, mas fiquei com medo de perder vocês. Eu não teria dinheiro para o nosso sustento. Então, pedi a ele que apenas honrasse o dever de chefe de família, assegurando a criação e educação de vocês.

Dona Maria dedicou seu amor aos filhos. Seu Waldir cumpriu com o dever empenhado. Não mediu esforços para assegurar saúde e boa educação à prole. O casal se separou sem traumas e manteve relação amistosa.

Ao final, já no leito de despedida, Dona Maria perguntou a Carlinhos se o pai tinha vindo vê-la.

– Disse a ele que tu querias isso. Ele disse que vem te visitar.

Seu Waldir não a visitou. Dona Maria partiu sem se despedir dele. Uma de suas últimas frases foi:

– Ele não veio, né?!

Naquele dia, junto de sua mãe e testemunhando a afirmação em tom de dúvida, Carlinhos se recordou da voz suave preenchendo todos os espaços da cozinha com amor e gosto, ao som de Lupicínio Rodrigues. E compreendeu o porquê da escolha da trilha sonora que embalou a vida de Dona Maria.

Margaridas corajosas

Todas as manhãs o ritual era o mesmo. O homem atravessava a praça entre seu apartamento e a Assembleia Legislativa. Seguia por um dos caminhos ladrilhados sob árvores que negociavam com o sol a luz do dia. O trecho ia em direção ao centro da praça, onde se destacava um monumento em homenagem a político do passado. Era rodeado por figuras que lembram as virtudes e valores que deve ter o homem. E a figura imponente o vigiava. Como uma advertência contra as tentações do cargo.

Ele também tinha projeção política. Formado em Direito, contava com quarenta e cinco anos e já estava em seu terceiro mandato como deputado estadual. Probo e conhecido pela defesa de interesses justos da sociedade, tinha preocupação com a coisa pública.

– Para viver fora da lei é preciso ser honesto! – gostava de repetir na defesa da atividade.

Aquele ano era de pandemia. Um vírus surgido no lado oriental do mundo se espraiou dominando o globo. A situação nova exigiu mudanças de comportamento. Trouxe consigo novas emoções, sensações, sentimentos. E muitas mortes.

No exercício da labuta pública, o deputado costumava visitar um asilo local. Saber a necessidade dos mais desafortunados fazia parte da atividade política. Ali conheceu Dona Margarida, uma octogenária cuja história não diferia da dos demais idosos que se encontram em casas de acolhimento. Tinha família e filhos. Mas eles não se interessavam por ela. Uma das incompreensões da vida.

Dona Margarida não nutria mágoa em relação aos filhos. Entendia que tinham suas vidas e eram livres nas escolhas. Buscava em Deus a explicação para as coisas mundanas.

O político desenvolvera uma relação de afeto com a idosa. Talvez porque a vida não lhe dera a sorte de ter relação avoenga. Via em Dona Margarida a figura personificada da avó que não conheceu. E com ela travava doces conversas nas visitas quase semanais que lhe fazia.

A pandemia suspendeu os encontros, porque os idosos foram o alvo preferido da praga. Depois de alguns meses surgiu no horizonte um alento. A ciência encontrou a vacina que todo mundo queria, mas poucos conseguiam. A necessidade mundial exigiu priorização. Grupos mais sensíveis ao vírus receberiam primeiro. Dona Margarida estava na prioridade. O deputado e seus familiares no fim da fila. Mas o medo da morte enterrou o homem público. Ele não titubeou em usar os caminhos sinuosos da política para vacinar a si, sua esposa e filhos na escuridão do cargo.

A ciência começou a ganhar a disputa com o vírus e a vida voltou à normalidade de forma paulatina. O deputado também retomou suas atividades. E resolveu visitar Dona Margarida no lar de idosos. Comprou um *bouquet* de flores para presenteá-la. Margaridas-girassol, em homenagem à avó do coração.

Mas Dona Margarida não estava mais lá. A vacina demorara passeando por locais onde não deveria andar.

Caminhando em direção ao portão de saída do asilo o homem contemplou o *bouquet* de flores em seus braços. Braços que antes receberam a vacina contra o vírus. Talvez a que não chegou em tempo para Dona Margarida.

Jorge, o bilheteiro

– QUEM NÃO ARRISCA, NÃO PETISCA; SORTE GRANDE NÃO BELISCA. É PRA HOOOJEEE!

A rima ficou na lembrança de Carlos, e vem à sua mente nas manhãs de sábado, quando é dia de feira. O aglomerado de pessoas e barracas distribuídas sob a copa das árvores, interrompendo o trânsito, representa a vitória de um costume que jogou luz na escuridão da Idade Média, cruzou o mar dos tempos e permanece vivo nas sociedades modernas.

Ali, entre um colorido de cheiros e sabores, agricultores comercializam a produção trabalhada com amor e desvelo. A cidade encontra o campo, os costumes e a cultura popular são celebrados. O rico caminha ao lado do pobre, e a integração promove paz social.

– A senhora me compra uma lixinha...

– ÁGUA MINERAALLL, PRA FICAR LEGAALLL...

– BOOCA, BOOCA, OLHA O BOOCA...

Entre os produtores que apregoam suas mercadorias, há, também, os ambulantes: Lixinha (que vende lixas de unha), o vendedor de água e o jornaleiro. Quase invisíveis aos olhos dos transeuntes, disputam a atenção dos consumidores, dando voz à feira. Sem receber muitas oportunidades, encontram sobrevivência no trabalho informal.

E havia o Jorge: homem alto, de cor preta, por volta dos setenta anos e cego. Ganhava a vida como vendedor de bilhetes de loteria. Era herdeiro de uma época em que o destino das pessoas com deficiência se resumia à venda de bilhetes no centro da capital. Gente sem sorte que, por contraste, vendia a possibilidade de alguém mudar seu destino.

– QUEM NÃO ARRISCA, NÃO PETISCA; SORTE GRANDE NÃO BELISCA. É PRA HOOOJEEE!

A sonoridade da rima criada pelo bilheteiro decerto causaria inveja aos imortais da Academia Brasileira de Letras. O vozeirão ecoava pelo corredor da feira, pedindo licença entre os compradores e artistas de rua, ensurdecendo os feirantes da barraca ao lado do ponto escolhido pelo bilheteiro para o seu trabalho.

– Hoje eu fico surdo! – exclamava o feirante.

Jorge soltava um riso baixinho.

– Eu faço de conta que não vejo – falava ele para quem estava lhe comprando um bilhete.

Apesar da dificuldade, Jorge irradiava alegria. Não demonstrava mágoas com o destino, nem mesmo com aqueles que se incomodavam com seus berros rimados e, por vezes, davam uma reclamada.

– Bom dia, Jorge, tudo certo?

– Bom dia, Carlos. Tudo bem, tudo bem...

Cumprimentava o cego, reconhecendo o amigo pela voz, com os bilhetes em uma das mãos, a bengala branca, utilizada como guia, na outra e o olhar escuro fixo no alto.

– Me vê um bilhete bom aí. Tem que ser pra ganhar!

– Uma vez uma senhora me ensinou que se é pra ganhar não tem número ruim – dizia Jorge com toda a sua sabedoria.

E perguntava, ao receber o pagamento, em tom de brincadeira, já sabendo a resposta:

– Tem cinco aqui?

– Claro! Não tá vendo? – respondia Carlos, e ambos riam.

Hoje o vozeirão não ecoa mais pelo corredor da feira. Jorge partiu, deixando seu legado poético. Diz o Lixinha:

– Ele gostava de um traguinho a mais, e acabou se atrapalhando.

Verdade ou não, a marca do bilheteiro ficou gravada no patrimônio do imaginário popular, como se fosse um busto esculpido em bronze para homenageá-lo. E sua rima, agora, retumba no alto da copa das árvores que abrigam a movimentação das manhãs de sábado em dia de feira.

Afinal, quando é para ganhar, não tem número ruim...

O homem do Sul

Aurora de domingo. Eduardo está de pé. A chaleira no fogo assopra vapor buscando ponto para a garrafa térmica. O raio de luz cruza a bruma dando-lhe vida. Lembra o nevoeiro levantando-se do rio nas manhãs da infância. Eduardo sorve as lembranças mirando fixamente as várias formas da névoa saída do bico e ganhando o ar. Espera que chie para sacar a chaleira do fogo.

Ele é do Sul. Nascido e criado na fronteira castelhana. Cultiva a coragem como valor. Não a coragem do passado, pintada com sangue. Mas a coragem que dá tempero à vida. Que enfrenta as adversidades com resiliência. É justo também. Aos que o desafiam, gosta de brincar:

– Tu até podes cruzar a cerca. Mas vais deixar um pedaço do couro nela!

Nunca pensou em sair do pago. A vida deu outro rumo ao pensamento. O trabalho o mandou para São Paulo. Quando pode, acomoda a nostalgia cultivando os costumes vividos desde o berço. Comprou uma chacrinha. Tem pilcha completa: bombacha castelhana, camisa, alpargatas e boina uruguaia. Gosta de facas. Ostenta uma coleção. O churrasco de domingo é a apoteose. De lenha de coronilha que manda vir do Rio Grande do Sul. Admira o vermelho da madeira.

Neste domingo quer usar a faca nova comprada na fronteira. Aço de Solingen. Passa a faca na chaira olhando o nada. Às vezes interrompe o ofício para tomar mate. Esperando os convidados, pensa no preparo do espetáculo.

Num desatino é traído pelo pensamento. A faca escorrega mais forte e lhe corta o dedo polegar da mão que segurava a chaira. Bem na falange. O sangue escorre pelo dedo até o pulso e faz a volta pingando na pedra do balcão. Eduardo dobra o polegar. Vê o branco do fundo do corte. Precisa de assistência. Mas tem que preparar o churrasco e esperar os convidados.

"Mão sem polegar é que nem olho azul na cara de gente feia. Não serve pra nada", pensa.

Não se curvará ao ferimento. O vizinho Antônio poderá ajudá-lo no curativo e no assado. Mas Antônio é paulista, eles são uma ameaça ao churrasco. Se metem em tudo! Assam até *filet mignon*!

Antônio é bem-humorado. Aprecia, mas não entende nada de assado. Gosta de aprender. Aí mora o perigo. A distância entre o gosto pelo aprendizado e a apropriação do conhecimento pode trair os homens. Mas é a única alternativa. Eduardo chama o amigo.

Enfaixado o polegar, o gaúcho comanda e o paulista executa. Assado de tira, linguiça, pão e miúdos na *parrilla*.

O calor do fogo dita o tom cadenciando a gordura que derrete sonoramente na brasa. Como uma orquestra. Eduardo, o maestro, e Antônio, o *spalla*. Os convidados vão se chegando.

– Vira a costela.

Antônio vira.

– Puxa a linguiça mais pro canto, que ela já tá quase pronta e não chegou todo mundo.

Antônio puxa.

– E não me joga guardanapo sujo no fogo, que esfumaceia tudo!

A coisa vai bem. Todos acomodados. Os convescotes recheiam o galpão de alegria ruidosa.

A certa altura, o paulista decide tomar o comando da churrasqueira. Empunha o garfo de cabo longo sem qualquer comando superior. Estoca a linguiça, que dormia mansa e corada na grelha, como quem fura o bucho do inimigo. Uma insurreição nas barbas do comandante.

A linguiça jorrando sucos de gordura sobre o braseiro. Como um gêiser. Eduardo assiste incrédulo. Olhos arregalados. Pupilas dilatadas. Os lábios tremem.

Antônio não dá tempo à repreensão e emenda:

– Em São Paulo a gente fura a linguiça porque ela fica melhor!

Exclama, com cara de paisagem, olhando fixamente para o braseiro que reluz em seu rosto. Sem sequer compreender o crime cometido.

Eduardo quer esgoelar o paulista.

De repente, um convidado que sorve cerveja no canto próximo aos assadores se aproxima e fala mansamente ao pé do ouvido de Antônio:

– Fosse na minha terra, tu tomava uma tunda de laço!

A sentença ecoa como música para Eduardo. O homem é do Sul, tem certeza o assador lesionado. Seu pensamento sorri e ele fica resignado perdoando o pecado do amigo Antônio. Afinal, paulistas assam até *filet mignon*.

Pelé por um dia

Aquelas fotografias velhas fascinavam Carlinhos. Estavam acomodadas dentro de uma caixa de papelão, tipo de sapato, escondida por entre as roupas do pai. Acompanhavam outros objetos que não lhe faziam muito sentido: uma faca de prata, algumas moedas antigas e de outros países. Selos e flâmulas completavam o acervo escondido dos olhos dos outros.

Meio que por instinto, Carlinhos sabia que ali dormia o registro de emoções de seu pai durante a vida. Mas de uma parte já distante, de sua mocidade, com certeza. Com mais de quarenta anos, era considerado um homem maduro para os jovens. No mínimo distante da juventude.

Carlinhos tinha dez anos. Entre os anos 1970 e 1980, passou chutando uma bola de futebol. Primeiro a dente de leite, bola de plástico rígido que deixava o peito do pé vermelho e as costas do zagueiro com um hematoma. Jogo em dia de chuva era ocasião de vingança da gurizada contra seus desafetos. A água na pelota fazia chupar a pele quando pegava. Bola de couro era artigo de luxo. Mais cara e presente de Natal.

Futebol se jogava de pés descalços. Campo era o meio da rua de terra. As traves das goleiras, duas pedras catadas ao acaso.

– Tempo! – gritava algum jogador parando a partida para passar o carro ou a vizinhança a pé. Não havia calçadas na rua.

Carlinhos gostava de pegar a caixa de emoções do pai e contemplar as fotos em preto e branco mostrando suas habilidades. Vestindo uniforme do Força e Luz ou do Renner, equipes que disputavam o campeonato metropolitano.

Seu pai jogara nesses clubes e isso o enchia de orgulho. Afinal, futebol era a paixão da gurizada. Todo menino alimentava o sonho de ser jogador. O guri comparava as fotos do pai com as de Pelé, que via nas revistas e programas de televisão. Muitas também em preto e branco, acendendo ainda mais a imaginação infantil.

Carlinhos não viu Pelé atuando nos campos, sua época não lhe deu tempo para isso. Mas conhecia a história do maior jogador de futebol do mundo e via o craque nas transmissões futebolísticas, agora como comentarista. Também não vira seu pai atuando quando jovem.

Um dia, sentado sobre a bola, olhando o jogo na TV à frente do pai, lembrou-se das fotografias e perguntou:

– Pai, tu jogava como o Pelé?

O pai devolveu a pergunta:

– O que tu achas, meu filho? Já viste as minhas fotos?

– Já vi pai... Acho que sim!

Clinicamente perverso

"O que leva o homem a despir-se de sua racionalidade? Que direitos julga ter alguém que, pelos mais variados motivos (todos fúteis, salvo a legítima defesa), comete o ato abjeto de interromper a vida de seu semelhante?", questiona-se a comissária de polícia Edi, contemplando a cena sob o som e as luzes dos flashes da máquina fotográfica dos peritos. Esses pensamentos sempre lhe ocorrem quando está à frente de uma investigação de homicídio.

O carro na areia, à beira do rio, com a porta lateral direita traseira aberta, deixa à mostra o corpo de uma jovem, estirado no banco, com os braços abertos em cruz. O rosto sem vida, desfigurado pela ação de algum instrumento contundente, revela a raiva do agressor e seu desprezo para com a vítima. A calça jeans, arriada até os joelhos, dá uma conotação sexual ao ato criminoso. A análise corporal preliminar não apresenta perfurações, circunstância que indica uma provável morte por espancamento.

– Talvez tenha sido estrangulada – supõe o perito, enquanto executa seu trabalho ao lado de Edi.

– Seria bondade demais desse animal. Ao menos ela não sentiria a dor da fúria dele sobre seu rosto... O laudo vai demorar?

– Acho que não. Isso vai dar repercussão na mídia. Aí tu sabe, né? O departamento anda rápido nesses casos, para não se expor.

– Comissária, tem um papel dobrado aqui no chão do banco do carona – informa o investigador que compõe a equipe de Edi.

– Bota as luvas, para não prejudicar o trabalho da perícia, pega o papel e traz aqui.

O investigador se aproxima da comissária, abre o achado e se depara com uma frase montada a partir de letras recortadas de jornais e revistas, coladas no papel: "Tu serás sempre minha, e meu amor será sempre teu."

Edi ouve e olha em direção à água, enquanto deixa a sentença vaguear pela mente. O vento sul outonal, batendo em seu rosto, lembra a frieza dos assassinos.

– O cara, ou a cara, é inteligente, comissária. Não escreveu de próprio punho – pontua o investigador.

– Psicopatas são inteligentes. Vamos ver o que as digitais revelam...

Mais tarde, Edi relata o resultado da investigação preliminar ao delegado:

– Homicídio, provavelmente passional; foram levantadas as evidências mediante perícia *in loco*. Estamos aguardando o laudo. Um bilhete foi deixado na cena do crime, também encaminhado para perícia.

– E o que diz o bilhete?

– Tu serás sempre minha, e meu amor será sempre teu.

– Ela era bonita?

– Não sei, o rosto está destruído. Era loira, vestia roupas de grife, carro moderno...

– Era gostosa?

Edi engole a pergunta do chefe e responde de forma lacônica:

– É homicídio, e não abigeato!

– Hummm, brabinha... Está bem: me descreva a compleição física da vítima.

– De estrutura corpulenta, robusta.

– Ratinha de academia, tu queres dizer! – conclui o delegado, atirado para trás em sua cadeira, girando a caneta por entre os dedos da mão direita, olhando de modo vago para o movimento do objeto.

Aproximando seu rosto de Edi e falando com voz macia, ele prossegue:

– Sabe, comissária... quando vêm casos desta natureza, eu sempre fico pensando o que essa cachorrinha não fez para causar tão violenta emoção no agente criminoso, capaz de levar o homem a praticar atos de insanidade. No mínimo, uma guampa...

Edi é subitamente tomada de nojo moral. Uma sensação de repulsa agride seus sentidos, como névoa virulenta e contagiosa. O olfato é invadido por um odor fétido, o paladar fica amargo, a visão de uma besta toma conta de seu olhar, as mãos formigam e o córtex auditivo decodifica o zurrar de um jumento.

A comissária levanta-se, espalma as mãos na mesa do delegado, curva o corpo buscando seu rosto e sussurra perto do ouvido:

– Isso não me surpreende, psicopatas são egocêntricos e não esboçam emoção...

E sai da sala, certa de que a razão torna os irracionais ainda mais perigosos.

O sentido da lágrima

– Deixa pra chorar quando eu morrer! – a mãe repetia sempre que Carlinhos ficava frustrado no fim de uma paixão.

O jovem de vinte e três anos fora criado sob a atenção dos pais. Sem exageros. A mãe ensinava a visão doce da vida. O pai o preparava para as dificuldades. Não teve de tudo na criação. Mas não lhe faltou nada.

Carlinhos era ponderado nas coisas da vida. Menos para o amor. Para isso lhe faltava talento. Talvez porque seus pais não tiveram tempo de ensiná-lo. Ou porque o amor não se ensina. É um aprendizado.

Enquanto seus amigos desfilavam conquistas, Carlinhos suava campeando namorada. Quando conseguia, tratava de valorizar como uma vitória. Esforçava-se em manter o relacionamento acima de tudo. Bajulava a moça como um troféu. Assim, eram elas que terminavam.

– Tu baba demais as mulheres. Corre atrás delas – diagnosticava o amigo Paulinho. – Não dá pra mostrar tanto interesse, senão elas se tapam de nojo.

Carlinhos não sabia suportar o rompimento da relação. Chorava dias a fio. Não tinha vontade de fazer nada. Ficava sem comer. Saboreava a fossa. Valorizava demais a derrota.

– Deixa de ser bobo, guri. Pra que ficar desse jeito? Que importância essa guria tem na tua vida... Deixa pra chorar quando eu morrer – a mãe lhe falava meio braba, tentando empurrar-lhe um prato de comida.

O tempo correu e chegou uma pandemia viral que assolou o mundo. Idosos e pessoas com saúde frágil foram os mais atingidos. A mãe de Carlinhos foi pega pela praga. O vírus invadiu seu corpo por vias tortuosas e migrou para os pulmões. Em poucos dias ela foi levada para uma unidade de tratamento intensivo.

A cena da mãe no corredor do hospital ancorada pelos enfermeiros, lhe acenando e dando as costas, ficou gravada no subconsciente. No desdobrar dos acontecimentos, Carlinhos se lembrou da frase da mãe: "Deixa pra chorar quando eu morrer!"

Esparramou o estoque de lágrimas sobre a situação angustiante. Mas não lágrimas de derrota, e sim de esperança. Queria rever a mãe e dizia para dentro de si: "Lute como uma mãe!"

Carlinhos chorava e sua mãe lutava.

Passadas duas semanas, o quadro apresentou melhora e ela saiu da UTI. Retornou para casa em mais alguns dias. As preces de Carlinhos foram ouvidas e a vida lhe permitiu aconchego no regaço materno outra vez.

Depois disso, o amante sem talento descobriu que a desilusão só existe como consequência de uma falsa paixão. E somente o amor verdadeiro merece ser regado com lágrimas.

A vida enfim ensinou Carlinhos, e ele aprendeu.

O feitiço do amadurecimento

Janete era linda. Sua beleza causava inquietação na alma masculina. Era angustiante.

Morena de cabelos castanhos cortados à altura dos ombros, tipo visual francesinha, e corpo irresistível. Trazia nos olhos a leveza de uma jovem de dezenove anos. Mas seu olhar também revelava um toque ímpio. Às vezes aceitava relacionamentos por caridade, mas o final era cruel.

Musa inspiradora da rua. Todos a desejavam. Dos quinze aos quarenta anos não havia homem que não tivesse arriscado a sorte com ela. Muitos fracassaram. Alguns conseguiram saborear seus beijos e abraços. Mas a dor da perda era maior do que a frustração da empreitada sem sucesso.

Ronei morava na casa ao lado. Tinha quinze anos e crescera brincando no pátio vizinho da beldade. Desfrutava de uma intimidade que os demais não tinham. Sua posição privilegiada testemunhou muitos amores arrasados por Janete. Solteiros, casados e até esposas passaram pelo portão da casa dela desfilando dor. Era o preço pago pelo prazer.

Ronei conhecia o poder de Janete. Mas o hormônio masculino estava em crescimento acelerado no corpo juvenil. A beleza da amiga passou a frequentar seus sonhos. O adolescente buscava uma chance de iniciar-se na arte do prazer carnal. Janete era uma utopia.

O guri cumprira o rito de passagem de menino bonitinho para objeto de desejo nas conversas femininas. O corpo desenvolto de homem, em descompasso com a mentalidade ainda juvenil, já causava furor nas mulheres.

Ronei, Janete e os demais irmãos costumavam ficar até tarde na parte de baixo da casa dela jogando cartas, batendo papo, trocando contatos físicos involuntários. Muitas possibilidades passeavam pela imaginação do rapaz, até a mãe chamar do muro:

– Roooneeei! Está na hora! Venha!

E ele ia...

Certa noite, Ronei entrou em casa depois de pular o muro. De repente, tocou o telefone: “Trililimmmm!” Ele atendeu correndo.

– Alô... Janete?!

Era ela, a amiga e objeto dos pensamentos púberes que lhe envolviam mente e corpo.

– Tá me dando uma vontade agora... – sussurrou a vizinha ao telefone.

Ronei ficou nervoso. Sabia que tinha de controlar a emoção. Mas não deveria perder a oportunidade insólita.

– Agora já tô em casa... não posso sair mais!

A conversa ao telefone se repetiu ao longo da semana, sempre depois que Ronei deixava a casa vizinha:

– Alô... Tá me dando vontade agora...

– Mas agora já tô em casa...

Ronei estava incrédulo com a possibilidade de realização. Até que, numa noite, os irmãos de Janete, com sono, se retiraram mais cedo para o andar de cima. Os dois ficaram sozinhos na sala. Um colchão entre os sofás, e a televisão ligada emprestando o volume para confundir ruídos indesejados e fornecendo uma luminosidade perfeita de lupanar.

O sangue correu forte no corpo do rapaz enchendo-lhe as veias. A musa não perdeu tempo. Sugou toda a energia adolescente. Os esforços juvenis e desajeitados de Ronei ficaram sob o lençol desarrumado entre os travesseiros. A carga de sentidos e sentimentos dissipados lhe fez bem. Ingressou triunfante na vida adulta. Naquela noite Ronei pulou o muro de volta em êxtase, jogado pela felicidade.

O encontro se repetiu durante uma semana. E foi só. Depois de sete dias, Ronei provou do veneno que já matara tantos outros. E que ele conhecia pela vivência. Janete foi implacavelmente igual. Ronei ainda tentou mais uma noite. Inútil. Buscou dentro de si uma razão sem achar respostas.

Então compreendeu que entrara para o mundo dos adultos, onde a derrota se chama experiência e antes da felicidade há um muro a ser pulado.

Dois, dois, dois...

É mais uma manhã na vida de Lucas. O médico conduz seu confortável veículo em meio ao trânsito das nove horas. Mais tranquilo no caminho que sempre percorre rumo ao trabalho. A música roda hermeticamente fechada dentro do carro e distancia o condutor da realidade das ruas, que insiste em se aproximar dos motoristas quando a sinaleira fecha.

– Quer um sanduíche, amigo? – pergunta Lucas, baixando o vidro e esticando o braço com o regalo na mão.

Oferece-o ao senhor que utiliza o tempo vermelho da sinaleira para conseguir o pão de cada dia.

A face maltratada pela forja da vida faz o homem aparentar mais idade do que realmente tem. O pedinte usa a oferta de jornal produzido por uma ONG, que auxilia adictos na luta contra o vício, como propósito para pedir moedas aos poucos motoristas que estão com o vidro da janela descido quando param no sinal.

– ARRÁ! DOIS, DOIS, DOIS... Um pra mim e outro pro meu irmão. He, he, he, he... – grita sorridente o homem, ao receber a atenção de Lucas.

Devolvendo o sorriso, o médico pega mais um sanduíche da sacola de supermercado, no banco do carona, entrega-o a ele e fica absorto numa sensação mesclada entre felicidade e remorso. O abatimento da consciência sempre vem à sua mente nessas ocasiões. Muito mais pela vida que leva do que pela falta de sorte do seu semelhante, que, para comer, tem que pedir.

Sempre que Lucas passa pelo local e encontra o homem, a cena se repete:

– OBA! Hoje é meu dia de sorte! DOIS, DOIS, DOIS... Um pra mim e outro pro meu irmão. He, he, he, he...

Mas Lucas nunca vê o irmão do vendedor de jornais, cuja alegria pisa nas dificuldades que a vida lhe impõe.

Uma curiosidade vazia começou a visitar os pensamentos do médico, alimentada pela repetição, toda vez que ele saciava a fome do pedinte. De carro, de bicicleta, a pé... Lucas sempre via o homem sozinho nas manhãs daquela sinaleira que fica perto de sua casa. "Que diabos de irmão é esse que nunca está com ele?", passou a perguntar-se nas ocasiões dos encontros.

Certa vez, ao cruzar pelo local de bicicleta e com a sacola de sanduíches a tiracolo, o médico fez questão de parar na sinaleira e oferecer ao pedinte:

– Dois, né? Um para o seu irmão!

– ARRÁÁ! O senhor já sabe... – respondeu o homem, alegre e com o foco dos olhos arregalados para os dois sanduíches.

Lucas entregou a doação e, querendo matar a curiosidade mórbida que lhe rondava a mente, perguntou:

– Onde está o teu irmão, que eu nunca vejo?

Ele, sempre sorrindo, olhou para o médico e respondeu:

– O meu irmão tá aqui, ó – disse, alisando a barriga com a mão esquerda espalmada, em movimentos circulares.

E, apressado, saiu na direção dos carros que paravam no vermelho da sinaleira, com a esperança de encontrar segundos de bondade através de um vidro abaixado.

Relhaços da vida

O raiar do dia ilumina a cidade. Pinta a paisagem urbana com matizes de amarelos e roxos dos ipês em flor, entremeados ao verde das folhas mais altas. A sombra aparece devagar, no ritmo da elevação solar, manchando o asfalto, que reflete a cor do bafo quente do verão.

Josué sorve o mate sentado na sacada de sua casa. De frente para a rua, admira os tons da natureza pintados no céu pelas copas do arvoredo. O silêncio matinal do domingo é suavemente cortado pela guitarra pampeana, acompanhando a *payada* de Jayme Caetano Braun, soando baixinho no rádio.

Ele enche mais uma vez a cuia e mira o pequeno relho fixado na parede, enquanto seu pensamento vai longe, retornando para cinquenta anos atrás. Não é uma peça artesanal, daquelas com cabo de madeira, açoiteira de couro cru trançado e um tento na ponta, que nos dias de hoje serve de enfeite campeiro nas casas da cidade. Feito de um pequeno pedaço de cabo de vassoura e uma língua de borracha de pneu de bicicleta, fixada numa das extremidades, o objeto está suspenso na parede da sacada. Ali, na altura acima da cabeça, como um símbolo de advertência. Tal qual um crucifixo, que evoca o caminho do bem, a dificuldade, e a ligação entre o mundo espiritual e o profano.

A recordação floreada de saudade remonta à infância do mateador. Época em que o relho ainda tinha utilidade e ficava dependurado na parede da cozinha, ao lado da janela basculante. Quando Josué e seus irmãos cansavam a paciência da mãe, o desafio era correr mais do que ela, para alcançar o relho. De posse dele, a estratégia era trancar-se no banheiro até os ânimos arrefecerem. No máximo, rendia um puxão de braço. Caso contrário, o corretivo deixava vergões nas pernas da gurizada, flageladas pela língua do relho, quando passavam pela mãe na corrida, em fuga...

Mais do que dor, o instrumento lembra que o único caminho da vida é o da retidão e que cada escolha demanda um sacrifício. Entretanto, por mais contraditório que possa parecer, a contemplação faz Josué lembrar-se da doçura da mãe. Depois da sumanta de laço (como anunciava quando estava prestes a pegar o relho), ela tratava com desvelo das marcas deixadas pelo corretivo. Sem, no entanto, se furtar de esclarecer os motivos da surra.

– AI, AI, AI, AI!

O silêncio da rua é quebrado. Do alto da sacada, Josué avista um homem na curva da esquina, vindo em sua direção, trazendo um menino preto pendurado pela orelha, quase a descolando do resto do corpo. De cabeça ladeada, o guri caminha na ponta dos pés para amenizar a dor, com o olhar espremido de sofrimento. À medida que a cena se aproxima, Josué reconhece o vizinho:

– Bom dia, Antônio, o que aconteceu?

– Esta praga aqui tava roubando os pêssegos do meu pátio. Já é a terceira vez, só nesta semana. Mas agora ele vai entender direitinho o que é certo e o que é errado...

– E o que tu vais fazer com ele? – indaga Josué, de pé, junto da sacada, sorvendo o chimarrão.

– Vou enfiar tanto pêssego goela abaixo que ele vai ter nojo até do cheiro da fruta. Só pra se lembrar que não pode roubar os outros.

Josué analisa a situação, toma mais um gole do mate, se compadece da dor do menino, enquanto a figura da mãe ainda perambula entre seus pensamentos.

– Quem sabe tu entrega ele para os pais? Conta o que está acontecendo? Decerto que, em casa, a família vai cuidar disso.

Sem largar da orelha do guri, que agora segura o braço de seu algoz com as duas mãos, tentando diminuir a dor, Antônio segue na conversa com Josué.

– E isso aqui lá tem pai e mãe? Ele mora com a irmã, ali no quilombo.

E Antônio aponta, com o queixo, para a direção da localidade próxima, onde, no passado, os negros da capital se assentaram.

– A irmã, coitada, cuida de quatro filhos pequenos e trabalha feito louca. Não tem tempo pra nada...

Josué pensa mais um pouco, lembra-se da mãe, enquanto a *payada* corta o ar quente da sacada:

...E há os que não gostam de guachos
Porque incomodam demais
Talvez porque tendo pais
Nunca lhes dessem valor
Ou desconheçam a dor
Dos que ficaram sozinhos
E andam campeando carinhos
Nas mendicâncias do amor...

Olha para o relho mais uma vez e agradece a Deus por seus pais... Compadecido da história do menino, dispara lá de cima:

– Deixa o guri aqui, Antônio, que eu vou cuidar dele.

Submissão masculina

Conto inspirado na obra de Florbela Espanca.

– Boa tarde a todos, todas e todes. Sou mulher, negra e de origem pobre. Eu me apresento assim...

Paulo ouve a palestrante que inicia a fala. A frase de abertura desvia os pensamentos até então fixados no belo par de coxas femininas a seu lado. Tão próximas que bastaria girar o cotovelo para alcançá-las.

É uma tarde de primavera, o aquecimento provoca a floração das plantas. E também das pernas femininas, depois de passarem na escuridão do inverno, entre arrepios e malhas grossas, protegidas do minuano.

O auditório lotado debate o tema Empoderamento Feminino e Direito das Minorias. Paulo é advogado e está ali representando uma ONG. O ambiente opaco convida ao cochilo após um almoço regado a vinho. Sorte que há as pernas reluzindo sob os feixes de luz. Os pelinhos dourados, brilhando com o amarelo das lâmpadas dicroicas, lembram um campo de trigo esperando a colheita.

A beleza da moça é provocadora. Não a provocação intencional, calculada de forma meticulosa com acessórios Beauty. Mas uma sensação que arrebata quem a contempla. Espontânea como o sentimento que as obras de arte atiçam em seus admiradores.

Tentando ouvir a palestrante, e com a mente na mulher a seu lado, Paulo não consegue imaginar como poderia ela ficar numa posição de inferioridade. Decerto é independente, toma suas próprias atitudes, é capaz de competir no mercado de trabalho. A julgar pelo tamanho do salto, é uma mulher firme, decidida. E o desejo de possuí-la não nega o seu empoderamento. É apenas um sentimento primitivo, que, aliás, poderia estar tomando o corpo e a mente dela também.

O advogado lança a frase isca, sussurrando como o rumor do vento sobre as árvores:

– Não compreendo esse tipo de afirmação...

– Como assim?!

"Opa! O par de coxas tem voz", pensa ele.

– Acho que afirmações como ela está fazendo podem fortalecer a discriminação que ela combate.

– Ainda bem que tu estás falando baixinho. Se alguém mais ouvir, tu corres o risco de ser expulso.

Paulo baixou ainda mais a voz.

– Meio contraditório, não achas? Estamos numa palestra que defende o direito das minorias, de se manifestar... E eu prestes a ser linchado por expressar minha opinião?

– Sinceramente, não acho contraditório.

Paulo não quer saber de sinceridade. Agora, o que o move é a volúpia.

– Bater no espectro da discriminação como forma de afirmar um direito pode revelar uma ponta de preconceito.

– Tu estás dizendo que a palestrante pode ser preconceituosa?

– Mais ou menos isso.

– E eu estou achando que o preconceituoso aqui és tu.

– Sério?! Agora, sim, corro o risco de ser expulso deste auditório.

– Daqui a pouco tu vais dizer que a minha saia é curta!

Paulo aproveita o momento e olha sem pressa para a saia.

– Aaaah, nãooo. Isso não... Mas confesso que estou impressionado.

– Eu sabia. Conheço o teu perfil. És bem capaz de dizer que eu sou a culpada do teu olhar pelo tamanho da minha saia – diz a moça inquieta, cruzando as pernas. – Tu deves ser daqueles que procuram a bela, recatada e do lar.

Paulo absorve o turbilhão de informações sensoriais sem tirar os olhos das coxas. Faz uma pausa estratégica. A conversa chega num momento em que qualquer resposta pode pôr tudo a perder.

– ...

– Que que houve? Engasgou? – provoca a bela, os braços ainda cruzados, o rosto virado para Paulo, e batendo o pé dentro do salto do tamanho de seu empoderamento.

– Sabe... Como é mesmo o teu nome, Dona Recatada?

– Fernanda.

– Então, Fernanda, na verdade prefiro a bela, devassa e do bar. Aliás, nós poderíamos continuar esse debate filosófico em um dos tantos que esta cidade oferece.

– Agora tu te superaste... Mas aceito o desafio – diz Fernanda, recolhendo a bolsa da poltrona ao lado e levantando-se.

Paulo segue na frente, entre pedidos de licença, na direção da porta de saída, ávido por submeter-se ao poder daquela mulher.

O cheiro da saudade

São seis e meia de uma manhã outonal. O sol ainda não rompeu a barreira da noite que se despede. Cláudio é despertado pelo alarme do celular, programado para soar todos os dias no mesmo horário. A coluna, combalida pelos sessenta anos vividos intensamente, exige uma sessão de alongamentos ainda na cama. Para se levantar, coloca-se de lado, como lhe ensinou o fisioterapeuta. Segue para o banheiro da suíte e joga água no rosto. O ritual serve para romper o liame com a vida sonhada. Está pronto para mais um dia de trabalho.

Enquanto o advogado segue para o café, o filho, já vestindo o uniforme escolar, escova os dentes, e a companheira dá os últimos retoques no *look*.

– Vaaamos, Lucaaa. Desse jeito, me atraso, filhooo!

A mesa do desjejum está posta, com resquícios de final de festa. Pratos para lanche suportam facas que já passaram manteiga, farelos de pão distribuídos dentro dos pratos e adjacências lembram confetes no chão, após a noite de carnaval. Xícaras vazias revelam, em seu fundo, algum segredo que só os experts da cafeomancia poderiam interpretar.

E há um grande pão de milho no centro, descansando mansamente sobre a toalha de pano portuguesa, adquirida na última viagem da família. Imponente tal qual um morro que vigia a coxilha estendida à sua frente. A cor amarela da base se eleva num degradê até o topo preto, tostado do fogo a lenha.

Cláudio senta-se alheio ao movimento da casa à sua volta, serve café na Caneca do Maior Paizão do Mundo (presente do filho em um Dia dos Pais que já ficou no passado), pega a faca e corta uma fatia do majestoso pão de milho.

De súbito, o aroma invade suas narinas e avança cérebro adentro, transportando-o até a infância, época em que as únicas preocupações eram comer e brincar. Cláudio lembra-se das férias de julho, quando visitava os tios na colônia, com a mãe e os irmãos. Não havia água encanada, a luz era à base de lampião de querosene, e os colchões eram de feno. Ali estava também a Tia Celícia, uma espécie de avó emprestada, que a vida colocou no lugar daquela que ele não teve a felicidade de conhecer.

A cada mordida na fatia de pão de milho, já besuntado com manteiga, Cláudio vê a tia sovando a massa de pão sobre a mesa de madeira rude, na cozinha localizada num cômodo dos fundos da casa construída de pedra bruta e barro. O fogão a lenha, já trabalhando a pleno, espera o momento de agir.

Depois de assados vários exemplares daquela obra-prima, de mais de meio metro de tamanho cada um, eram dispostos sobre a mesa para esfriar. O aroma do sabor tomava conta de toda a pequena casa, como a névoa, que, aos poucos, e sem ninguém perceber, acaba com a visibilidade humana.

Cláudio nutre lentamente cada mordida. Contempla o amarelo da fatia grossa em sua mão tentando se esconder sob o branco da manteiga, puxa a casca preta da lateral do corte e a ingere com a porção que está sendo mastigada. A sensação o transporta para fora de si e do mundo sensível.

– Cláudiooo, vê se lava essa xícara depois. Não deixa na pia pra mim. O café gruda no fundo e dá mais trabalho.

Um ruído interrompe o êxtase do momento.

– ...

– E tira essa mesa antes de sair. Não deixa farelo de pão aí, que chama formiga. Estende o lençol da cama, que fica feio desarrumado!

– Ô pai, tu vai me pegar no colégio ou venho a pé?

A realidade o chama de volta à vida. Esposa e filho estão de pé, na porta, saindo para seus compromissos e tentam comunicação a distância.

– Sim, filho, te pego.

– Tchau, bem...

– Tchau, pai...

BAAMM, a porta da casa bate, puxada pelo trinco do lado de fora, selando a saudade existente numa fatia de pão de milho. Igual à água jogada no rosto, no despertar de mais uma manhã.

A paz dos trinta-réis

O entardecer de março joga a sombra na areia da praia. E avança lentamente mar adentro, no mesmo compasso dos ponteiros do relógio Omega Constellation no pulso de Marcelo. A alegria ruidosa do alto verão se foi, deixando a tranquilidade embalar o crepúsculo vespertino.

Sentado a uma mesa do restaurante à beira-mar, o juiz aposentado gosta de apreciar a beleza laranja dos instantes que antecedem a descida do sol às suas costas. Ali, atrás do morro que protege a baía. O local fica cravado no canto sul, contíguo à rua, em elevação ao nível da praia. Permite uma visão oceânica do horizonte e da grandeza do mundo. O silêncio cadenciado pelo barulho das ondas convida ao ócio sem remorso entre as mesas espalhadas pela areia.

– Boa tarde, seu Marcelo, vai o di sempri? – pergunta Dezinho, o garçom que virou amigo do cliente.

Beirando os cinquenta anos e mancando da perna direita, o nativo da praia gosta das conversas de bar, permitidas quando é baixo o movimento.

– Boa tarde, meu caro, com certeza! Serve aí a minha dose de felicidade, e vamos deixar o tempo passar...

Dezinho atende a parte externa do restaurante. Mesmo com o problema na perna, é ágil na satisfação dos clientes. Vai à copa, traz uma cerveja e um martelinho de Trigo Velho. Dispõe as bebidas na mesa e abre a garrafa, que, de tão gelada, resfria o ar à sua volta, soltando um vapor convidativo ao primeiro gole.

– Que maravilha! – exclama Marcelo em retribuição à gentileza.

Enquanto o garçom serve o copo estilo americano, o cliente fixa o olhar na cena e recorda os tempos em que a bebida era presença frequente na sua vida. O líquido dourado, batendo no fundo do copo e curvando-se rumo à boca, para, logo depois, ser coberto pela espuma branca, contém um ensinamento e uma advertência.

– O melhor de todos!

Marcelo ergue o copo acima de sua cabeça, na direção de Dezinho, e o leva à boca, sorvendo o líquido por inteiro. A expressão corporal é de prazer.

– Obrigado por este momento.

Dezinho fica de pé ao lado da mesa, e ambos apreciam a beleza da praia. Buscando alimento, um bando de trinta-réis sobrevoa a lâmina de água cristalina que invade a areia.

– É grande esse mar, né, Dezinho?

– Grande e traiçoeiro – responde o garçom. – Já pesquei muito nesse marzão e garanto: depois que o barco cruza o Cabo de Santa Marta, é um Deus nos acuda. Não tem ilha, não tem nada, não tem. É só marr aberto até o Uruguai...

– E isso é ruim?

– Êh. Se dá tempo feio, uma lestada, não tem onde se escondê, não tem. É guentá no osso. Já peguei muito disso...

– E por que tu parou?

– Depois que eu quebrei esse pé, quando tava embarcado e demu di frenti com uma tempestade lá no Rio Grandi, aí ficô difícil, sabe. Pescador tem que tá com corpo em dia. Deficienti não pode pescá. E, depois, tem a saudadi da família. Em terra é mais tranquilo...

Marcelo sorve mais um gole da bebida gelada, enquanto ambos continuam apreciando o mar.

– Já perdi muito amigo pro marr.

– E tu não tens saudade da pescaria?

– Ôh!

– ...

– Navegá é lindo! É uma cachaça, sabe?

E Dezinho, de pé e com as mãos cruzadas atrás das costas, olha longe o mar, onde a nostalgia alcança.

– Sei, sim, meu amigo – responde Marcelo, mirando o copo de cerveja à sua frente. E continua: – Como dizia o poeta, quem quer passar além do Bojador, tem que passar além da dor.

Marcelo sorve o Trigo Velho de um gole só e agradece por sua alma também mancar da perna, deixando-se entorpecer pelo som das ondas e o canto dos trinta-réis.

O universo começa no quintal da nossa casa

Inspirado em Leon Tolstói.

– *Um homem tem que ter duas coisas limpas: o nome e as cuecas!*

A frase que ele mais gostava de dizer. Um daqueles ensinamentos que o pai faz questão de deixar para o filho. Mas Franklin não era o pai de Marquinhos, era seu tio. Um homem de cabelos meio brancos, hoje se diria cor de cinza, não muitos. De baixa estatura, as costas já curvadas pelo tempo, sem afetar sua destreza. O nariz alongado e pontudo denunciava a ascendência italiana.

Franklin nasceu na colônia e veio ainda moço tentar a sorte na capital. Seu primeiro trabalho urbano foi de padeiro, mas na carpintaria encontrou o verdadeiro dom. Construía barcos na Ilha dos Marinheiros. Já estava aposentado quando Marquinhos se deu conta de que ele existia. A figura do tio dividia com o pai, de forma instintiva, o dever de educar a prole.

Pai e tio moravam no mesmo terreno. Um lote urbano de oitocentos metros quadrados com duas casas de madeira dispostas em fila. No meio delas ficava a garagem, um grande telhado de *brasilit* suspenso por oito troncos de madeira, sem paredes e com piso de concreto cru. Uma churrasqueira no canto esquerdo servia para o almoço de domingo das duas famílias.

No quintal, abacateiros, ameixeiras, pessegueiros, pitangueiras. Na frente da primeira casa, lindeiro à via pública, um jardim com rosas, bocas-de-leão, jasmins e outras flores. Havia nos fundos um galinheiro também. Coelhos, codornas, gatos e cachorros completavam o ecossistema da infância de Marquinhos, dividida entre as duas casas.

– *Véio*!

Assim Franklin era carinhosamente chamado pela Vó Silvia, sua companheira de vida. E foi como Marquinhos também se acostumou a tratá-lo.

A imagem do *Véio* sorvendo o chimarrão todas as manhãs e finais de tarde, no alpendre da casa dos fundos, com um toco de lápis vermelho de carpinteiro atrás da orelha, acompanhou Marquinhos ao longo da vida. A frase muitas vezes ouvida também se fez companheira. Ambígua, enigmática.

Foi a certa altura, quando Marquinhos já se tornara Marcos e seu pai e o Véio já haviam se encontrado com Deus. Num final de tarde de verão à beira mar, ele ouviu uma frase vinda da conversa de dois senhores ao lado, tocada pelo vento:

– Os barcos do Franklin eram os melhores!

Seu coração acelerou. Estariam eles falando de seu tio? Do *Véio*? A emoção tomou conta do seu corpo. Já não era mais o Marcos, mas o Marquinhos. Teve vontade de interromper a conversa e perguntar:

– Quem era o Franklin?

Optou pela contemplação da memória, banhada por aquele cenário, o sol baixando, o barulho das ondas, algum canto triste da gaivota. Sentiu-se honrado por ser sobrinho de Franklin e enfim compreendeu toda a força do ensinamento que lhe fora talhado pelo *Véio*.

Toque na alma

A angústia aumenta à medida que avançam os ponteiros do relógio, consumindo os dias e corroendo a calma de Martielo. Nem sempre fora assim. Ao longo da vida ele aprendeu a enfrentar os desafios com resiliência. Serviu ao Exército, disputou vaga para o curso de Direito em universidade pública. Depois de graduado aprovou em vários concursos, a ponto de poder escolher. Optou pela magistratura. É juiz.

Na atividade profissional sentiu o odor fétido que pode exalar da alma humana: assassinatos, estupros, corrupção... Aprendeu a blindar a mente, deixando de fora o espectro da maldade que pode habitar seu semelhante. Soube escapar das armadilhas que matam a relação conjugal duradoura. A pandemia que assolou o planeta levou sua mãe para junto de Deus. Martielo aguentou no osso.

Mas agora é devastador.

Não saberia como encarar o pai. Que exemplo transmitiria para o filho? A que custo a moral seria restabelecida? Muitas incertezas assombram seus pensamentos. A hora da verdade se aproxima como um *tsunami* no horizonte do oceano.

É inevitável! A consulta com o urologista está agendada pela esposa. Não há como escapar. Inventar um júri no dia não seria convincente; julgamentos são marcados com antecedência. Uma dor de cabeça ocasional, tipo as que frustram noites de amor, não seria genuíno. Ademais, o tema não envolve a cabeça ou o cérebro. Ao contrário disso, a próstata é bem mais embaixo.

– Aaiii... Não sei por que esse pavor! Se tu tivesse que parir, eu queria ver – ameniza a esposa.

– YOHANAAA, não envolve dor física. É muito mais profundo. Tu não entendes? – vaticina o juiz.

– O médico é o mesmo que operou o pai. É alto e bem feio. Eficiente. Te encaixei numa consulta que vagou.

– Tu só pode estar de brincadeira comigo!

– ...

– E tu achas que ele faz o exame na hora, no dia da consulta? – pergunta Martielo.

– Não sei. Nunca fui... Nunca precisei fazer (rsrsrsrsrsrs), não faço ideia.

Quando Martielo relatou o drama para os amigos, ouviu de um deles:

– Mas tu não sabes que agora tem exame de sangue?

– O PSA? Já fiz. Mas o médico e a Yohana insistem que eu tenho que fazer o toque.

– Não, não é esse...

– NÃO ME DIZ! Tô salvo pela evolução da medicina – bradou Martielo, agarrando os braços do amigo tal qual um náufrago que segura a corda da salvação.

– Sangue da unha do médico – arrematou o companheiro de *charla*, com uma risadinha de canto de boca.

– VAI TÊ FUDÊÊÊ! Não brinca com o sentimento dos outros...

No dia da primeira consulta, Martielo está tranquilo. Pretende conversar com o médico, saber mais sobre o exame e, enfim, agendar o evento fatídico.

Depois das apresentações e anamnese, o médico levanta-se, dá dois passos, aproxima-se da maca e bate com a mão espalmada sobre o móvel. Como a mãe carinhosa que convida o filho a deitar-se, sugere:

– Vamos passar para o exame?

Surpreendido pelo ato inesperado, Martielo começa a suar frio. Afinal, era apenas a primeira consulta. Levanta-se devagar mantendo a compostura. Para ganhar tempo, põe as mãos nos bolsos da calça simulando procurar algo.

– Podes pendurar a roupa aqui e deitar-se de lado – o médico orienta o paciente, apontando para um penduricalho na parede e colocando as luvas.

(...)

Ao cair da tarde, chegando em casa Yohana ouve uma música alta quando ainda está do lado de fora. Ingressa no ambiente e depara-se com Martielo sentado na poltrona da sala. A música de Andrea Bocelli corta o breu do ambiente iluminado pela luz do pôr do sol:

Te voglio bene assai
Ma tanto tanto bene sai
É una catena ormai
Che scioglie il sangue dint'e vene sai...

Na mesa de centro, um copo de gim cheio até a boca é o único companheiro capaz de compreender a dor que lancina a alma do juiz.

Ao notar a presença da esposa, traído pelos acontecimentos e olhando o vazio, Martielo dispara:

– Foi constrangedor...

E sorve mais um gole da bebida, enquanto a música tenta aliviar o orgulho ferido.

Jogos, trapaças e mentes fumegantes

Um carro afundado à beira-mar não é uma cena comum. Pirotti sabe disso. O trivial não faz parte de sua vida. O motor e os faróis ainda estão ligados, e a porta do motorista, entreaberta. As rodas estão sendo vagarosamente engolidas pela areia amolecida com o sal da água. A luminosidade nublada do amanhecer e o vento frio que vem do sul parecem combinar forças com o balé das ondas para afundar ainda mais a visão a cada movimento de vai e vem sobre a praia.

Ele se aproxima do veículo tentando buscar alguma pista em seu interior, antes da chegada da autoridade policial. Resmunga por ter que molhar os sapatos Ferragamo usados, adquiridos num brechó da capital.

– Que bosta! Deveria ter ouvido a Nancy e comprado um par de botas de PVC para trabalhar.

Pirotti é um sujeito excêntrico. Não abre mão de vestir-se com as mais refinadas marcas de roupas e acessórios.

Muito embora sua condição financeira não lhe permita tanto luxo. O que o força a ser um rato de brechó. Alimenta o sonho de possuir um automóvel Mercedes-Benz AMG GT *Coupé* do ano. Entretanto, a sua clientela não ajuda. Tem que se contentar com uma Mercedes-Benz 280S, ano 1982, comprada no Mercado Livre. Queria ser policial, mas a formação recebida das escolas públicas não foi o bastante para cruzar a fronteira das provas de concurso. Seguiu o ofício de detetive particular. Atividade que desempenha com dedicação.

Até então sua vida profissional se desenvolvera no campo das investigações conjugais. Agora estava diante de um caso de desaparecimento. A cliente que o contratou era uma esposa preocupada. Disse que, depois de uma briga, o marido saiu sem dizer nada e não retornou já fazia uma semana. Tentou contatá-lo pelo celular. Nos primeiros momentos o telefone chamava e o marido não atendia; depois, passou a cair na caixa postal.

O choro da desesperada não convenceu Pirotti. A experiência adquirida ouvindo lamentos da paixão lhe cutucava a consciência. "Deve derramar essas mesmas lágrimas quando janta também", pensou, alisando as notas de dinheiro do primeiro pagamento, dispostas em forma de leque sobre a mesa. E deu mais uma tragada em sua cigarrilha, curtindo o sabor enquanto a segurava longe dos lábios, deixando a fumaça atiçar seus neurônios: "Mas o detetive defende o interesse particular de quem o contrata, e se preocupar com o comportamento do cliente é perda de tempo. Vamos à ação..."

Pirotti identifica o veículo. É do desaparecido. Não há sangue ou sinais de violência no interior. Algumas garrafas vazias de água mineral com gás estão no chão, à frente do banco do passageiro. A tampa do porta-luvas está aberta, e seu interior, desorganizado. No banco de trás há uma camisa, cuecas e um par de meias sujas. Estão jogados como se fosse o rastro de um saco de lixo rasgado, caído na calçada da rua.

O investigador toma cuidado para não tocar em nada. No guidão, uma espécie de pó azul polvilhado em algumas partes chama a sua atenção. Ele tira uma luva de látex do bolso do terno, veste-a na mão direita e passa o dedo indicador suavemente sobre a parte superior, colhendo o pó. Passa o dedo com o material coletado na palma da mão esquerda, sente a textura e cheira. Levanta a cabeça, contempla o mar e os sapatos molhados, dá as costas ao local e se retira buscando algo para limpar os *pisantes*.

Senta-se em um banco junto à orla, no calçadão que segue alinhado com a beira da praia. Tira um caderninho com caneta do outro bolso do paletó. Faz anotações, enquanto olha a cena de longe e a chegada da autoridade policial. São sete e meia de uma manhã fria. Ele sabe que, se agir rápido, desvendará o mistério logo.

Dirige-se à sua Mercedes estacionada no curso da rua, pega um rolo de papel higiênico no porta-luvas e limpa os sapatos. Sujar os tapetes do veículo com a areia da praia cortaria seu coração.

– Já basta os sapatos! – resmunga ele novamente, entrando no veículo e dando partida na *Merça* (como ele se refere sobre o carro).

Após algumas diligências pela cidade litorânea, é hora de retornar à capital e convocar a cliente para uma reunião.

(...)

– Encontrei o desaparecido! – exclama Pirotti à cliente, acomodada na poltrona à frente de sua mesa.

– Não acredito! E ele está vivo? – indaga ela, simulando cara de choro.

– Bem vivinho. E disse que não volta pra casa até que a senhora devolva o dinheiro que pegou do cofre.

– Traste nojento! Metade eu usei para pagar seus honorários, doutor detetive – responde a cliente, com o rosto transfigurado de ódio, cruzando os braços na altura do peito e batendo o pé esquerdo no chão, com as pernas também cruzadas. – E como o senhor conseguiu encontrar aquela coisa ainda viva? Achei que dessa vez não o veria mais!

– Foi fácil...

Após dar uma tragada na cigarrilha e pulverizar o ar com o odor enjoativo do tabaco, o detetive prossegue:

– Iniciei rastreando as redes sociais dele e notei que o desaparecido havia realizado *check in* na rede de *internet* de uma loja de conveniência, na estrada que leva ao litoral. Estamos no inverno, e homem casado que foge de casa quer confusão. Afinal, são momentos de solteirice que ele sabe serem preciosos.

– Falei que ele era um traste! – reitera a cliente, braba e ainda batendo o pé.

– No inverno o litoral oferece poucas opções para festa. Isso restringiu meu campo de ação a duas cidades somente. Na praia, todo final de noite termina na beira do mar. Percorri a orla de ambas as cidades e encontrei o veículo dele ainda ligado. Atolado na areia, com evidências de uma noite agitada e talvez feliz – afirma Pirotti, incitando a raiva da cliente.

– Nojento! Não o senhor, ele.

– No interior do veículo havia garrafas de água vazias.

– Com gás, aposto – interrompe a esposa. – Ele vive arrotando a azia da bebida...

– Isso, com gás. Também havia roupas usadas jogadas sobre o banco de trás do veículo e uma espécie de pó azul pincelado no guidão. Essas evidências me levaram a pensar que a festa ainda não havia terminado às sete e meia da manhã. A água com gás foi para recuperar o fôlego e o fígado. A troca de roupas, para se livrar do cheiro da noite. E o pó azul me mostrou que ele gosta de uma sinuca.

– Sinuca e álcool! Deveria ter casado com uma bodegueira, não comigo. Meu gosto é mais refinado – interrompe novamente a esposa amargurada.

– Depois disso foi fácil achar um bar com mesa de sinuca ainda aberto às sete e meia da manhã.

– E o que ele disse?

– Disse que, depois que acabar o resto do dinheiro deixado no cofre após o furto e carregar a bateria do celular, que a senhora descarregou de tanto ligar, voltará para casa. Vocês viverão felizes como sempre. E talvez a esposa dele pense melhor da próxima vez que tentar furtar seu dinheiro – vaticinou Pirotti, saboreando cada palavra pronunciada, como se fosse uma bala Soft.

– Ele vai ver só. Dá próxima vez vou pegar o cartão de crédito dele e esmerilhar. VAI SAIR FUMAÇA! – falou a esposa por entre os dentes, jogando o restante do pagamento de Pirotti sobre a mesa e saindo a passos fortes.

Visita de hospital

Inspirado na vida e obra de Ary Barroso.

É um domingo de carnaval. A alegria da horda bufona cruza o vidro das janelas e penetra no ambiente como um feixe de luz. Ary está recostado sobre os travesseiros, numa cama de quarto de hospital. Experimenta o torpor próprio de quem se encontra na fronteira entre os dois mundos. Quase imóvel, suporta uma pena corporal. O crime: excessos de toda ordem, especialmente o do álcool.

O ruído da felicidade das ruas se confunde com o sonar dos aparelhos que monitoram a réstia de existência jazendo na cama. Igual a um surdo de primeira, que faz a marcação da bateria no tempo e garante a vida do samba.

Seus filhos haviam deixado o quarto após visita dominical protocolar, quando uma senhora ingressa no recinto. É uma jovem mulher em elegante e leve vestido de seda nas cores claras. Senta-se na cadeira ao lado da cabeceira da cama e lhe dá um beijo na bochecha tísica da doença.

– Boa tarde, Aryzinho – cumprimenta a dama, com voz baixa e suave, junto ao ouvido de Ary.

Depois, repousa a mão do mortiço sob a sua, passando a acariciar o dorso esquelético.

A emoção proporcionada pela maciez da voz e dos toques de carinho aconchegante retoma a atenção de Ary, que vagava pelo branco do quarto. Uma sensação conhecida que agora se encontrava longe, guardada no fundo de sua memória. Ary vira o rosto abatido e fita o semblante da mulher. A silhueta lhe é familiar. Entretanto, o pensamento aturdido não facilita o reconhecimento de pronto.

– Por que estás tão triste, meu amor? – segue a jovem senhora, afagando o rosto de Ary.

– Veja como estou! Afundado nesta cama de hospital, apenas aguardando as últimas pás de terra serem jogadas sobre meu cadáver. E ainda com tanta coisa por fazer...

– Você já fez muito nesta vida. Levou alegria a centenas de pessoas. Deu voz aos desconhecidos. Usou sua fama a serviço do bem – conforta-o a companhia, ainda aquecendo o rosto cansado com o calor de sua ternura.

– Mas esqueci-me daqueles que mais precisavam de minha atenção. Dei pouco amor aos filhos. Aquela que foi eleita minha companheira de vida sofreu com minhas ausências. Enquanto todos estavam em casa, ansiando pelo meu amor, eu me encontrava perdido nos excessos mundanos, atrás da falsa felicidade. Veja como está meu corpo agora... Não tive capacidade de cultivar nem mesmo o amor-próprio.

Ary está às portas do tribunal de sua consciência, a mais implacável das cortes de justiça. E a condenação é a dor do remorso.

– Não somos seres perfeitos, meu amorzinho. A nossa busca deve ser para melhorar no caminho da senda evolutiva. Corrigir os erros cuidando para não cultivar o mal. Há pouco teus filhos deixaram o quarto. Vieram te proporcionar momentos de carinho. Se tu estás sofrendo as dores do arrependimento, por outro lado isso demonstra que eles não guardam mágoas.

Ary fixa o olhar no rosto amável que lhe traz palavras de conforto. "Quem é esse ser de feições tão familiares que advoga a meu favor, quando nem mesmo eu tenho forças de me defender?", pensa o moribundo recostado nos travesseiros, tentando encontrar algum significado no olhar da companhia agradável.

Uma pausa na conversa permite nova entrada do som das ruas:

Brasil, meu Brasil brasileiro
Meu mulato inzoneiro
Vou cantar-te nos meus versos
O Brasil, samba que dá
Bamboleio que faz gingar
O Brasil do meu amor
Terra de Nosso Senhor

O povo faz justa homenagem àquele que foi um dos precursores da música popular brasileira, cantando sua vida na passarela do samba.

– Ouça, querido. Toda a nação canta em gratidão a você – conforta a dama, sem largar a mão do moribundo.

Ary tenta prestar atenção na música. Mas um sono incontrolável toma conta de seus pensamentos, forçando-o a recostar a cabeça nos braços da visita.

De sobressalto, recobra os sentidos. Sente a saúde revigorada. O corpo combalido não pesa mais. Senta-se de lado na cama. A pele esticada de sua face rosada já não apresenta os sulcos e rugas dos excessos. Olha novamente para a visita:

– Mamãe! É você?

– Sim, meu filho.

– Há quanto tempo que não a via... Quanta saudade senti! Sua e do meu pai.

A jovem senhora, já de pé, estende os braços e dá as mãos para que Ary se erga. Ao lado da mãe, após levantar, Ary volta os olhos para a cama iluminada por forte luz que vem da janela. Ainda ouvindo o som das ruas, nota um corpo esquálido da doença estendido no leito hospitalar.

– Vamos, meu amor. Temos muito que fazer no caminho da evolução do espírito.

Ambos dão as costas àquele cenário e de mãos dadas caminham para a luz brilhante que toma conta do recinto como um tapete convidando à entrada no templo divino. Ficando para trás os restos do mundo material e uma história para celebrar.

A tainha e o cajado

O vento sul soprava lembrando que o verão ficara para trás. O sol, ainda tímido e sem força para afastar a friagem, cruzava a lona da barraca em raios através dos vãos. Daniel estava de pé, contemplando a energia do mar em movimentos concatenados de vai e vem, embalados pelo barulho relaxador. E alisando a areia da praia, como a língua de um gato lambendo o pelo.

O jovem de vinte e dois anos fazia parte de uma espécie de tribo de nômades urbanos: os surfistas que vivem no Sul do Brasil. Um grupo social peculiar, que, por uma dessas coisas que só o destino explica, dedica-se à prática de um esporte que depende do mar; porém, mora longe do litoral. Para enobrecer o desafio, as praias mais próximas eram péssimas para o *surf*. Esses detalhes obrigavam Daniel e seus amigos a se jogarem na estrada atrás das ondas, como se estivessem em busca de novas pastagens para alimentar o gado.

Estávamos no início dos anos 70 do século passado, quando tudo era mais difícil. As estradas precárias, o carro, um Fusca, e telefone para falar com a família, o *orelhão*. Assim, com quatro marchas à disposição, cintos de segurança enrolados em atilho, suspensos no ar e servindo só de enfeite, um espaço atrás do banco traseiro onde cabia mais um passageiro e o barulho do motor como companhia, a trupe decidiu cruzar a fronteira do Mampituba e desbravar novos mares.

Foi assim que chegaram, na tarde anterior, a uma praia cuja localização tinham tateado no meio de conversas à beira-mar. Não havia nem sinal de estrada até o destino. Depois de abandonar o carro, fizeram longa caminhada entre trilhas na mata atlântica, carros de boi, engenhos de farinha e plantações de mandioca. Com mochilas, pranchas e barracas nas costas, a gurizada alcançou a areia. Logo se deram conta de que o esforço não fora em vão. Ao chegarem no platô do morro, depois da subida que castigou seus lombos, mais carregados que mula de tropeiro, a beleza da cena que se abriu calou os resmungos.

– É o paraíso! – foi o único adjetivo encontrado pelos cinco jovens, emudecidos pela exuberância da natureza.

Onde se encontravam, avistava-se lá embaixo uma extensa baía de aproximadamente dois quilômetros de extensão, protegida por um morro ao norte e outro ao sul, como sentinelas guardando um tesouro. O verde da encosta ia descendo em direção ao mar, modificando os tons gradualmente, até encontrar o bege da areia revolvida pela espuma branca e salgada. Então se seguia o azul marinho da água, que corria continente afora, até onde os olhos alcançavam.

E tal qual os indígenas ancestrais, a *surfistada* montou acampamento na areia, certa da descoberta que fizera.

Naquela manhã, ao fazer o reconhecimento visual do ambiente, algo chamou a atenção de Daniel: no canto sul do morro, uma construção em madeira. O formato lembrava uma *casinha* usada para banheiro, só que sem porta. O certo é que alguém morava por ali.

– Hê, hê! Não dá pra *surrfá* aí, não, *visse*? – falou uma voz saída da trilha no mato.

Um homem corpulento, de meia-idade, avançava lentamente com um pedaço de pau na mão, que só os ânimos, num futuro bem próximo, iriam definir se era um cajado ou um porrete.

– Bom dia, senhor! Por que não? A praia é pública!

– É pública, mas é época da tainha. Não dá pra *surrfá*, não! *Entendesse*?

Daniel não estava entendendo nada. O que tem que ver pescar tainha com surfar? Mas, entre cajado e porrete, Daniel decidiu calar-se.

– CAAARDUME! CAAARDUME! CAAARDUME! – começou a gritar outra voz, que saía de dentro da casinha, lá no alto do morro.

O homem que dava as *boas-vindas* a Daniel largou o pedaço de pau e se botou a correr pela beira da praia rumo ao canto sul. Por instinto, ou curiosidade, Daniel acompanhou a corrida de longe. Ao avançar, viu um barracão de madeira próximo à encosta, uma canoa comprida junto à areia molhada e cerca de trinta homens em frenética agitação. A gritaria correndo solta...

Colocaram a canoa na água, e seis homens embarcaram e começaram a remar, enquanto os demais ficaram na areia segurando uma das pontas de uma rede cuja outra extremidade seguia amarrada na popa da embarcação. A canoa continuou mar adentro, até a arrebentação. Depois fez uma curva à esquerda, seguindo em linha reta uns cinquenta metros e voltando, como se estivesse cercando um rebanho em movimento circular. A rede de pesca era jogada em braçadas pelos pescadores para o fundo do mar, à medida que a canoa avançava, cercando a área da trajetória percorrida.

Os homens que não embarcaram se dividiram em dois grupos: um segurava a ponta da rede e o outro correu até a embarcação, que já aportava na beira, para pegar a outra ponta. Formou-se um grande círculo dentro d'água, e um laço se fechou com a união das duas pontas. O esforço de anos de tradição e cultura daqueles homens começou a puxar a rede para fora do mar.

Daniel e seus amigos não tiveram dúvida: se grudaram na ponta da corda, enfileirada de homens como um cabo de guerra, e somaram suas forças àquela felicidade tocada a gritos de todos os lados. A alegria era o alimento da ação que traria comida para a mesa de muitos.

Finalizado o movimento, já com a rede estendida na areia e muitos peixes para retirar, os surfistas ficaram sentados por ali, olhando os pescadores recolhendo o fruto do esforço comum. Foi então que o homem que antes aparecera empunhando um pedaço de pau veio até eles com cinco tainhas nas mãos e entregou uma para cada surfista.

– Quem ajuda tem direito a uma tainha! – disse ele, logo dando as costas e voltando para o trabalho.

Daniel ficou sentado na areia, junto dos amigos e das tainhas, contemplando a cena de união que cruzara o tempo entre as gerações. Enfim compreendeu por que não podia surfar, pois, acima de tudo, a cultura daqueles homens era digna de respeito e deveria ser protegida de qualquer risco de extinção.

E ficou feliz ao descobrir que o dono da voz que saíra da mata empunhava um cajado, e não um porrete.